위대한 에너지

내 삶을 바꾸어 놓은 위대한 에너지

초판1쇄 인쇄 | 2008년 7월 30일
초판1쇄 발행 | 2008년 7월 31일

지은이 | 윤영준
펴낸이 | 박대용
펴낸곳 | 도서출판 징검다리

주소 | 413-834 경기도 파주시 교하읍 산남리 292-8
전화 | 031)957-3890,3891 팩스 031)957-3889
이메일 | zinggumdari@hanmail.net

출판등록 | 제 10-1574호
등록일자 | 1998년 4월 3일

ISBN 978-89-6146-117-7   03810

내·삶·을·바·꾸·어·놓·은

위대한 에너지

윤영준 엮음

징검다리

경제의 실용성은 선진국의 경제인으로부터 깨달아 현대에 적용하는 지혜에 있습니다.

경제의 명언은 어떻게 실패를 극복하고 성공했는지 유명한 경제인이 남긴 글 중에서 창의적으로 잘 골라 만들어졌고 우리에게 생활의 지혜를 주기에 좋습니다.

생명력을 이어온 성공한 경제인의 명언과 경제적 명언을 통해 성실한 인생을 가진다면 현실생활을 흔들림 없이 할 수 있을 것입니다.

입장을 바꿔 놓고 비전, 리더십, 열정, 자신감, 인간관계를 멋있게 해낼 수 있는 능력자가 되기 위해 노력하다가 작가 자신도 흠뻑 거기에 빠져 너무나 기분이 좋았습니다. 산업화 시대에 성공한 근면인과 정보화 시대에 성공한 지식인을 볼 때 다 창의적 열정을 가지고 있다는 사실을 발견했습니다.

유용한 인간이 되기 위해 창의적 욕구를 충족시키기 위한 노력은 세계의 경제와 기업이 빠른 속도로 질주하고 있는 지금, 늘 시간에 쫓기는 현대인들에게 스트레스를 주지만 야망과 성공을 위해 계속되고 도전적 다양한 관점을 찾고자 이리저리 분주하게 이루어집니다. 산업화에 성공한 앤드류 카네기, 데이비슨 록펠러 등과 정보화에 성공한 빌 게이츠 등에 대한 관심을 두는 이유는 현실에 적응해 살기 위한 몸부림일 수 있습니다.

현재 인터넷정보시대에 사는 우리로서 선진국이 아니면서 선진국을 닮고자 노력할 바에야 선진국형의 경제적 사고를 알아둘 필요가 있습니다. 경제적 지혜의 명언을 행복한 삶을 위한 도구로 삼아 성장하길 바랍니다. 긍정적 확신을 심어주는 체험의 글을 통해 생활의 소중한 여유를 찾길 바랍니다. 좀 더 행복하고 성공적인 삶을 산 사람의 세상을 보는 글을 가까이 해서 힘에 부치는 고단한 삶을 이겨내 승리자가 모두 되길 바랍니다.

우리에게 산 체험으로 와 닿는 글을 접해서 당당히 세상에서 제대로 사는 길을 갑시다. 여기에 실린 글은 시대와 경제를 통해 만들어진 필요한 명언이리라 보고 우리를 위한 실용의 교훈이리라 봅니다.

_윤영준

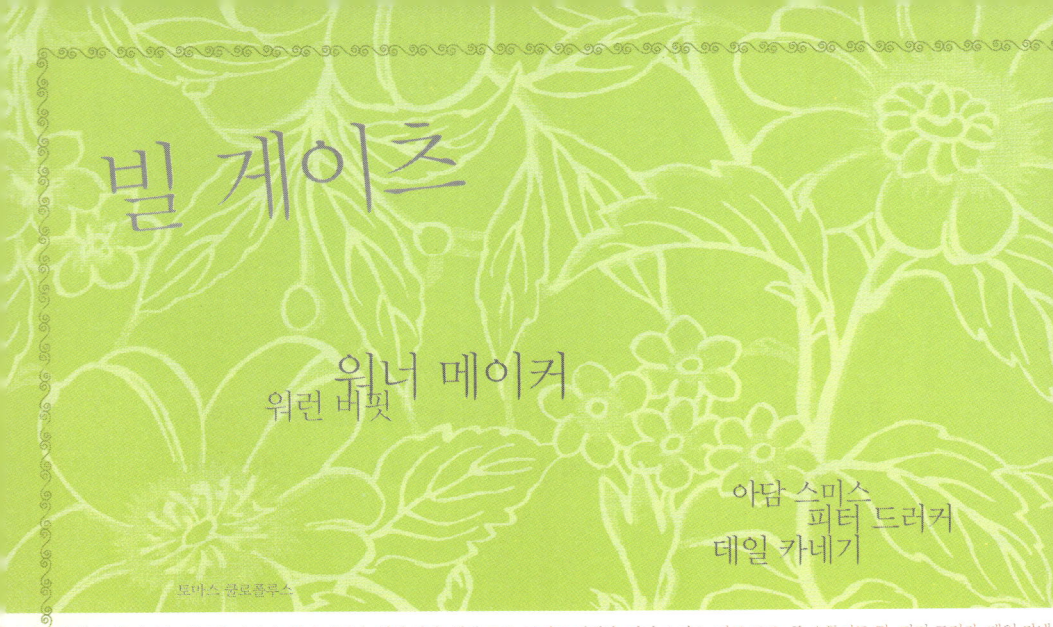

빌 게이츠

워너 메이커
워런 버핏

아담 스미스
피터 드러커
데일 카네기

토머스 콴로폴로스

이비 록펠러 빌 게이츠 앤드류 카네기 워너 메이커 워런 버핏 헨리 포드 로버트 버켈만 아담 스미스 이브 도즈 존 스튜어트 밀 피터 드러커 데일 카네 크라이슬러 웬델 윅스 잭 웰치 제인 애플게이트 제프 배조스 케빈 로버츠 토머스 쉰 피어갈 퀸 한스 콜 뷔르크니 헥터 루이스 그레이엄 벨 도날드 트럼 크 펜 맥 휘트먼 번즈 브라백 네슬레 빌 대니얼 심플랏 앤드루 그로브 앨런 래플리 얀 칼존 요르마 올릴라 윌스 재리 양 제임스 바크스데일 제프리 메 리 페어 밀턴 프리드만 세어 슘로머 메어를 스티븐 코비 시어도어 래빗 짐 콜린스 클라크 토스타인 베블런 필립 코틀러 하이에크 그래샴 데이비드 가 스 조엘 아시 파커 조지프 스터글리츠 게네 클래스 포넬 톰 코벤파 프리드리히 리스트 피구 새뮤언 브루너 스탠 데이비스 에단 라지엔 톰 피터스 뎃포 스틴 존 G. 밀러 칼라일 칼릴 지브란 리커트 벤자민 그레이엄 소피아 로렌 윌리엄 굴리 찰스 쿼터링 K. 훅스 페트로니오 프랭큘린 강베타 콜도니 콜 슨 오길비 우디 알랜 윌리엄 블래이크 재퍼슨 존스톤 처칠 칸트 포드 마초버 톨스토이 퐁트넬

로버트 몽고메리
데이비드 가빈

잭 웰치

짐 콜린스

아서 파커

밀턴 프리드만

필립 코틀러
슘페터

스티븐 코비

오프라 윈프리
닉 라일리

마이클 델
도날드 트럼프

월트 디즈니

개퍼노 존스톤

롤프 옌센

트레이시 태리 캘리 토마스 에디슨 닉 라일리 사이먼 안젤로 샘 월튼 오프라 윈프리 월트 디즈니 니콜라스 탈렙 도날드 트럼프 리처드 에델만 마이클 델
루펠러 2세 돈 허드슨 라인하르트 본 로버트 몽고메리 로버트 쉴빈 로버트 타운센드 로저 에얼스 론 쇼 래리 페이지 리 아이아코카 리처드 갈턴 마소렐
멘트 조지 매로크 찰스 슈와브 척 프린스 칼 알브레히트 콜린 앵글 크레이그 배럿 클래드 힐튼 토마스 미렐호프 토마스 쿨로롤루스 하워드 웰츠 카일즈
로버트 솔로 루트번스타인 리가도 마샬 막스 베버 맬더스 번트 슈미트 보도 셰퍼 블레인 매코믹 빌프레도 피레토 사무엘슨 슈페터 아더 앤더슨 그랜 버
파노 코퍼 알렌 아담슨 월티 마우엘 제임스 허스킷 그라시안 니오도어 루빈 라 브뤼에르 로렌스 서머스 롤프 옌센 베르베르 아인슈타인 앨빈 토플러 조
V. 필 더넷 로만 헤어초크 뮈케르트 메르네 베른하르트 폰 클레로보 빌 코스비 사무엘 존슨 생시몽 스마일즈 세르게이 브린 엔디 외홀 에릭 아슨

사무엘 존슨
스마일즈

퀴트네

막스 베버
블레인 매코믹

사무엘슨 슐러머

클래스 포넬

소피아 로렌

그레이엄 벨

데이비슨 록펠러 _기업가

* 나는 그저 나보다 머리가 좋은 사람들을 채용했을 뿐입니다.

* 나는 늘 끔찍한 실패를 기회로 만들려고 애를 씁니다.

* 나는 재난이 일어날 때마다 이것을 좋은 기회나 계기가 되게 하려고 계속 노력해 왔습니다.

* 내가 돈을 벌 수 있었던 힘은 신이 내게 재능을 주었기 때문입니다. 그런 재능을 부여받았기 때문에 돈을 버는 것은 내 의무이며 더 많은 돈을 주위 사람들에게 양심이 명하는 대로 써야 합니다.

*단지 부자가 되고 싶다는 막연한 생각을 가지고 시작하는 이들은 성공하기 어렵습니다. 더 큰 야망을 지녀라.

당신이 성공하고 싶으면, 이미 알려진 성공하는 길을 따라가는 것보다 새로운 것을 개척해야 합니다.

*마음이 열린 사람이 껴안지 못할 현실이란 없습니다. 불가능이란 깨달은 이에게 이미 존재하지 않습니다.

*목표를 높은 곳에 두어야 합니다. 똑같은 노력이지만 목표가 큰 사람은 큰 곳을 향한 노력이 되고 먹고사는 것에 급급한 사람은 뜻이 작기 때문에 작은 노력이 되고 맙니다. 자신에게 내재되어 있는 무한한 능력을 꺼내 쓰자! 스스로 못할 것이라는 생각은 스스로를 속이는 가장 큰 거짓말임을 명심해야 합니다.

*성공의 비결은 평범한 일조차 비범하게 처리하는 것입니다.

*성공하려면 귀는 열고 입은 닫아라.

*외로움의 가장 큰 문제는 자신만이 외롭다고 생각하는 것입니다.

＊위대한 것을 위해서라면 좋은 것을 포기하는 것을 두려워하지 말라.

＊하루 종일 일하는 사람은 돈을 벌 시간이 없습니다.

＊훌륭한 리더십은 평범한 이들에게 뛰어난 사람들이 일하는 방식을 보여주는 것입니다.

빌 게이츠 _기업가

＊공부 밖에 할 줄 모르는 '바보' 한테 잘 보여라. 사회 나온 다음에는 아마 그 '바보' 밑에서 일하게 될지 모릅니다.

＊기업에서든 군대에서든, 보급과 배치주기 단축에 성공하는 자가 승리합니다.

＊기업의 조직 구조가 수평적일수록, 직원들이 나쁜 소식을 전하고 그것에 대처할 확률이 높아집니다.

＊다가올 10년 동안에 성공하게 될 기업은 전반적인 업무방식을 혁신하기 위해 디지털 도구를 활용하는 기업일 것입니다.

＊다른 사람의 좋은 습관을 내 습관으로 만듭니다. 다른 사람의 습관을 자신의 것으로 만들라고 했으며 누구에게나 배울 점이 있다고 했고, 혹 자신의 라이벌이라고 할지라도 그 사람의 좋은 점을 꼭 본받아야 한다고 했습니다.

＊불특정 다수에 대한 광고로부터 특정한 소비자층을 겨냥하는 광고로의 전환이 기업의 마케팅 전략 전반을 어떻게 변화시킬 지에 대해 생각해 보라.

＊세상은 네 자신이 어떻게 생각하든 상관하지 않습니다. 세상이 너희들한테 기대하는 것은 네가 스스로 만족하다고 느끼기 전에 무엇인가를 성취해서 보여줄 것을 기다리고 있습니다.

＊웹을 통해 대기업은 소규모 기업처럼 융통성 있게 대응할 수 있게 되고, 소규모 기업은 대기업처럼 효율적으로 대응할 수 있게 됩니다.

＊웹은 조직과 조직, 조직과 개인간의 경계를 새롭게 정의합니다. 그리고 그것을 통해 기업은 보다 효율적으로 구조를 개선할 수 있게 됩니다.

*이 시대의 리더는 재벌도 아니고 천재도 아닌 딱 한 사람, 변화에 앞장서는 사람이다!

*인생이란 원래 공평하지 못합니다. 그런 현실에 대하여 불평할 생각하지말고 받아들여라.

1. 주어진 삶에 적응하라! 2. 인생은 공평하지 않다는 것을 명심하라! 3. 피할 수 없는 현실이라면 수용하라! 4. 적응한 자만이 살아 남는다! 5. 적극적인 마음자세를 소유하라! 6. 자신의 단점에 도전하라! 7. 실망스러운 결과가 발생했을 때 빨리 극복하라! 8. 인생이 항상 원만할 것이라는 환상을 버려라! 9. 인격이 성공의 밑천임을 기억하라! 10. 성공은 절대 운명의 장난이 아니다! 11. 성공은 자아실현의 욕구가 성취될 때이다! 12. 성공은 삶과 인격과 위상을 바꿔준다! 13. 성공은 타인의 지지를 구하지 않는다!. 14. 성공은 쉽게 만족하지 않고 계속 전진할 때 온다! 15.성공은 자만심을 버릴 때 이루어진다! 16. 대가 없이 성공은 없다! 17. 성공은 절대 저절로 찾아오지 않는다! 18. 성공은 적극적인 노력의 산물이다! 19. 실행하면서 꿈을 실현하라! 20. 나태는 성공의 적이다! 21. 자신의 창의성을 적시에 사용하라! 22. 머뭇거리지 말고 목표를 향해 달려가라! 23. 오늘 이 시간에 할 일을 절대 미루지 말라! 24. 지금 바로 행동하라! 25. 목표를 세분하여 순차적으로 도전하라! 26. 마지막까지 굳세게 해내라! 27. 자신을 통제하는 습관을 길러라! 28. 남의 지적을 수용하라! 29. 자신에게 엄격한

사람이 되라! 30. 훈련을 통해 좋은 습관을 만들어라! 31. 나쁜 습관을 빨리 과감하게 버려라! 32. 작은 일도 소홀히 여기지 말라! 33. 평범한 것이 큰 일을 이룬다! 34. 작고 하찮은 일부터 시작하라! 35. 작은 것에서 승부를 낼 줄 알라! 36. 큰일이든 작은 일이든 시종일관 충실하라! 37. 실패에서 교훈을 배우라! 38. 실수를 교훈으로 삼아라! 39. 실수를 반복하지 말라! 40. 잘못했을 때 과감히 인정하라! 41. 잘못으로부터 뭔가를 배우라! 42. 가장 중요한 것은 문제를 해결하는 것이다! 43. 남을 의지하는 생활방식을 버려라! 44. 마음의 목발을 버려라! 45. 감정의 독립을 실현하라! 46. 자발적인 힘으로 전진하라! 47. 기회란 그리 많지 않음을 명심하라! 48. 기회는 바로 내 옆에 있다! 49. 기회를 포착하는 것이 지혜다! 50. 기회가 없으면 만들어라! 51. 좋은 기회는 위대한 재산이다! 52. 좋은 기회는 평생에 한번뿐일 수도 있다! 53. 시간을 장악하라! 54. 시간을 황금처럼 아껴라! 55. 시간도둑을 경계하라! 56. 시간보다 앞서 달려라! 57. 시간낭비는 인생 최대의 실수다! 58. 절대 긍정하는 마음이 중요하다! 59. 80:20 파레트 법칙을 잊지 말라! 60. 휴일에도 시간을 잘 활용하라! 61. 시간관리를 위해 계획을 수립하라! 62. 오늘을 놓치지 말라! 63. 3분간 열심히 집중해서 쉬어라! 64. 반드시 해야 할 일이라면 하라! 65. 자신의 삶에 가치를 부여하라! 66. 현실을 외면하지 말라! 67. 향락을 쫓는 마음을 넘어서라! 68. 배움은 우리 삶의 우선적 요소이다! 69. 무미건조한 삶에서 벗어나라! 70. 일을 유연하게 바꾸면서 휴식하라! 71. 주변의 모든 사람에게 선하게 대하라! 72. 남을 위하는 것은 곧 자신을 위함이라! 73. 너그럽지 못한 것은 곧 여유가 없음이라! 74. 비판은 절대 금물. 칭찬을 많이 하라! 75. 능동적으로 상대에게 적응하라! 76. 상처는 주지도 받지도 말라! 77. 관용을 베풀고 포용을 배우라! 78. 다른 사람을 곤경에 빠뜨리지 말라! 79. 큰 꿈을 가지고 그 꿈을 더 키워라! 80. 모든 일을 스스로 해결하라!

＊자기 관리를 충실히 하지 못하는 사람은 부하를 관리할 자격이 없습니다.

＊정보가 인간의 생각처럼 빠르고 자연스럽게 당신의 조직 속을 돌아다닐 때, 어떤 문제에 한 개인을 붙이듯이 당신의 여러 팀들을 자연스럽게 통합시켜서 운영할 수 있는 테크놀로지를 가졌을 때, 그제야 비로소 당신은 탁월한 디지털 신경체계를 가졌다고 할 수 있습니다. 이것이야말로 생각의 속도로 움직이는 비즈니스인 것입니다.

＊최저가격 전략으로 성공하는 기업은 소수에 불과 할 것이며, 따라서 대부분의 기업은 고객서비스를 포함하는 새로운 전략을 세워야 할 필요가 있습니다.

앤드류 **카네기** _기업가

＊경쟁의 법칙이 개인에게는 때로는 가혹한 것이겠지만 그 국민에게는 최선의 것입니다. 그 까닭은 그것이 모든 부문에서 가장 적합한 자의 존재를 보장하기 때문입니다. 그러므로 우리는 우리 자신을 적응시켜야 할 조건으로서, 환경의 엄청난 불평등과, 산업 및 상업의 소수인의 수중에의 집중과 이것들 사이에 존재하는 경쟁의 법칙을, 국민의 미래의 진보를 위하여 유리할 뿐아니라 또한 필수적인 것으로 받아들이며 환영하는 바입니다.

＊고객은 항상 새로운 것을 원하고 자신을 남과 비교함으로써 상대적 만족을 얻으려 하고 있습니다.

＊기회를 한 번도 만나지 않는 사람은 없습니다. 그 기회를 포착하지 못했을 뿐입니다.

＊당신은 바로 자기 자신의 창조자입니다.

＊당신이 불쾌한 기분 속으로 들어가기 때문에 모든 것이 불쾌해지는 것입니다. 먼저 유쾌하게 생각하고 행동하라. 그러면 유쾌한 기분이 절로 솟아날 것입니다. 이것이 평화와 행복을 불러오는 것입니다.

＊돈은 구두쇠라 생각할 정도로 귀한 것도 아니지만, 돈 없는 보통 사람이 깔볼 정도로 무익한 것도 아닙니다. 그것이 귀한 것은 그것을 옳게 얻기가 어렵기 때문이며, 옳게 얻은 것을 옳게 쓰는 것이 더더욱 어렵기 때문입니다.

＊때를 놓치지 말라. 이 말은 인간에게 주어진 영원한 교훈입니다. 그러나 인간은 이것을 그리 대단치 않게 여기기 때문에 좋은 기회가 와도 그것을 잡을 줄 모르고 때가 오지 않는다고 불평만 합니다. 하지만 때는 누구에게나 오는 것입니다.

＊만날 약속이 성립된다는 것은 상대방의 신뢰를 얻었다는 증

거입니다. 만약에 약속을 파기하면 상대방으로부터 시간의 도둑질을 한 셈입니다. 상대방으로서는 평생 돌이킬 수 없는 시간 도둑을 맞는 것입니다.

＊모든 개량과 진보의 근원은 근로입니다.

＊무엇인가를 이루려고 하는 마음이 없다면 세상 어디를 가나 두각을 나타낼 수 없습니다.

＊미련을 버리지 못하는 습관을 떨쳐라. 손실을 회복하려고 애쓰지 말라. 도박꾼이 잃은 돈을 되찾으려다가 손실의 수렁에 빠지는 것과 같습니다. 하나의 손실은 그것으로 끝내는 것이 가장 현명한 것입니다.

＊밝은 성격은 어떤 재산보다도 귀합니다.

＊보다 많이 구하면 보다 많이 얻을 것이며, 보다 많이 노력하면 보다 많은 열매를 얻을 것입니다.

＊비난은 무익하고 위험합니다. 자존심

에 상처를 입은 상대는 방어하려 들고 반항심만 갖게 됩니다.

＊사람들은 너나없이 보물을 찾기 위해 혈안이 됩니다. 어디에서 노다지나 캐지 않을까 눈을 번뜩이고 있는 것입니다. 그러나 보물은 딴 데 있는 것이 아닙니다. 현재의 시간이 가장 소중한 보물입니다. 모든 사람들은 자기에게 주어진 인생의 시간을 어떻게 노력했느냐에 따라 자신의 장래가 결정되는 것입니다. 만약 하루를 허송세월로 보냈다면 하루의 보물을 잃은 것이며 하루를 값지게 보낸 사람은 하루의 보물을 캐낸 사람입니다.

＊사람이 무언가를 배우면 오래지 않아 그 지식을 활용할 기회가 옵니다.

＊성공에는 아무 트릭도 없습니다. 나는 나에게 주어진 일에 전력을 다했을 뿐입니다. 굳이 말한다면 보통 사람보다 아주 조금만 보다 양심적으로 노력했을 뿐입니다.

＊성공의 비결은 어떤 직업을 가지고 있든 간에 그 분야에서 제1인자가 되려고 하는 데 있습니다.
성공은 타인의 권리를 침범하지 않고 인생에서 원하는 것을 무엇이든 얻을 수 있는 힘입니다.

＊아무리 보잘 것 없는 것이라 하더라도 한 번 약속한 일은 상대방이 감탄할 정도로 정확하게 지켜야 합니다. 신용과 체면도 중요하지만 약속을 어기면 그만큼 서로의 믿음이 약해집니다. 그러므로 약속을 꼭 지켜야 합니다.

＊언짢은 문제가 일어났을 때도 결코 흥분하지 말라. 분별없이 충동적 행동을 하지 말라. 언제나 충동적인 생각은 좋지 않습니다.

＊오늘이라는 것은 우리들의 가장 중요한 소유물입니다. 그것은 분명히 우리가 다시 지닐 수 없는 흘러가는 시간의 한 때이기 때문입니다.

＊요즘 세상에는 거짓말을 해도 상관이 없고, 꾀가 많아야 잘 살고 출세한다고 생각하는 사람들이 많습니다. 여기 백장 묶음의 종이 뭉치에서 한 장을 빼내면 모를 성싶지만, 세어 보면 어디까지나 아흔 아홉 장이지 백 장은 아닙니다. 거짓말을 한다는 것은 사실 앞에서 무모한 일임을 깨달아야 합니다.

＊우리는 흔히 내일, 내일 하고들 있습니다. 그렇지만, 이 내일이라는 것은 영원히 이어지는 것이므로 오늘 하지 않으면 아무것도 못하게 되는 것입니다.

＊웃음이 적은 곳에서는 매우 작은 성공 밖에 이룰 수가 없습니다.

＊원한을 품지 말라. 대단한 것이 아니라면 정정당당하게 자기가 먼저 사과하라. 미소를 띠고 악수를 청하면서 일체를 흘려 버리고자 하는 사람이 큰 인물입니다.

＊의무를 다하는 데 그치지 말라. 조금 더 나아간다면 미래는 당신의 것입니다.

＊인생이라는 것은 영원히 즐거운 일만 계속되는 피크닉의 드라마와 같은 것이 아닙니다. 빛과 그늘과 산과 골짜기의 명암이 엇갈리는 변화가 교차하는 여행인 것입니다. 불행이나 괴로움은 그것과 직접 얼굴을 맞대기 싫다고 해서 담요를 뒤집어쓰고 눈을 가리고 있으면 언젠가는 없어지는 유령과 같은 것

이 아닙니다. 불행도 괴로움도 그것대로 없앨 수 없는 인생의 한 부분이므로 우리의 성공과 성숙도 그것들에 대한 우리의 태도와 밀접하게 맺어져 있는 것입니다.

1. 강한 자아상에 모든 것을 집중시켜라! 2. 자아상을 인생의 반려로 삼아라! 3. 자아상을 말살해서는 안 되고 항상 자기의식을 강화시켜라! 4. 자아상으로 자신을 충만시켜라, 그것은 좋은 벗이다! 5. 좌절했을 때는 자아상에게 동정을 구하라! 6. 매일 자아상을 빛나게 닦아라, 올바른 자기의식만이 강하게 만든다! 7. 경쟁을 두려워하지 않게 될 때까지 자아상에 의하여 자신을 높여라! 8. 자아상을 길러라, 자주성이 없는 생각으로 자기를 납득시켜서는 안 된다! 9. 자아상이 성장하기 쉬운 풍토를 만들고 자신의 세계에 대하여 겸양의 마음을 갖는 나날을 보내라! 10. 자아상을 기쁘게 하며, 자신 안에 있는 성공 본능과 성공기제가 항상 일어나도록 만들어라!

＊일을 시작할 때에, 그 일이 고통스러운 일이라고 선입관을 갖는 것은 피로를 배가시키는 원인이 되고 인상을 쓰거나, 고통의 표정을 짓는데 그렇다고 해서 일이 더 잘 되는 것도, 더 빨리 되는 것도 아닙니다. 그러한 표정은 업무에 도움이 되지 않습니다. 기왕이면 가벼운 태도로 일을 시작하라. 정열적으로 일을 하는 사람을 보면, 가벼운 태도로 무거운 일들을 해치워 나갑니다.

＊일이란 본래 육체로 하는 것이지 정신으로 하는 것이 아닙니다. 글씨를 쓰더라도 먼저 손을 놀려야 합니다. 일의 시초는 육체의 발동에 있습니다. 무엇을 해야 한다는 마음은 있으면서 막상 시작은 못하고 망설이는 사람이 있는데, 우선 시작부터 하고 나면 일은 진전되게 마련입니다. 머리 속에 스스로 무거운 짐을 짊어지지 말고 가볍게 손발을 놀리는 것이 중요한 일입니다.

＊자신이 맡은 분야에서 회사가 손해날 것을 발견하면 용감하게 발언하라. 회사도 발전시키고 자신도 발전시킵니다.

＊홀로 모든 것을 이뤄낼 수는 없습니다. 주변에 있는 사람들을 부자로 만들어야 당신도 부자가 될 수 있습니다.

＊행복의 비결은 포기해야 할 것을 포기하는 것입니다.

워너 메이커 _기업가

*과거에 머물지 말고 항상 미래를 바라보라.

*낭비한 시간은 의미 없이 던져버린 그대 삶의 일부분입니다.

*다시 시도하지 않는 것은 실수하거나 실패하는 것보다 더 잘못된 일입니다.

*목적없이 산다는 것은 위험한 일입니다. 또한 목적이 있더라도 그것이 낮은 것이라면 역시 위태롭습니다. 왜냐하면 목적이 희미하거나 있어도 낮은 것은 죄악에 가까이 서 있기 때문입니다.

＊미소와 악수에는 돈도, 시간도 들지 않습니다. 그리고, 사업을 번창시킵니다.

＊비록 조그만 일일지라도 온 힘을 다해서 하라. 성공으로 향하는 길은 그대에게 맡겨진 일 속에 있는 것입니다.

＊성공은 우연히 찾아오지 않고 준비된 사람에게 찾아옵니다.

＊이런 일이 도저히 불가능하다고 자신이 믿고 시작하는 것은 자기 자신을 불가능하게 만드는 수단입니다.

＊이 세상에서 가장 달콤한 것은 남을 즐겁게 해주는 것입니다.

1. 새벽형 인간! 2. 긍정적인 삶의 태도! 3. 절약하고 저축하는 습관! 4. 독서하는 습관! 5. 기도하는 습관! 6. 메모하고 정리하는 습관! 7. 칭찬하고 격려하는 습관!

＊자신이 일하기 위해 태어난 것을 아는 사람은 행복한 사람입니다.

＊진실을 잃는 순간 그 지위도 지식도 그대 곁을 떠납니다.

＊진정한 승리는 부드러운 미소 속에 숨어있습니다.

워런 버핏 _기업가

*과거는 돌아보지 않습니다. 평소에 감사하며 살아가는 것이 중요합니다.

*기회를 잡으면 놓치지 않습니다.

*나는 내가 넘지 못한 2미터 막대를 뛰어넘으려 하지 않습니다. 충분히 넘을 수 있는 30센티미터 막대를 넘으면 그만입니다.

*나는 주식시장에서 돈을 벌려고 애쓰지 않습니다. 주식시장이 바로 다음날 문을 닫고 5년 동안 문을 열지 않을지도 모른다

는 가정 하에 주식을 삽니다.

＊나를 움직이는 것은, 일의 결과보다는, 일하는 과정에서 맛보는 재미와 열정입니다. 언젠가 하고 싶은 일을 할 수 있는 때가 오면, 자신이 정말 사랑하는 일을 하라. 아침에 저절로 눈이 떠질 것입니다.

＊누군가 오늘날 그늘에 앉아서 쉴 수 있는 것은 오래 전에 다른 사람이 그 곳에 나무를 심어 놓았기 때문입니다.

＊단기적인 주가 움직임은 무시하고 경기 전망에 대해서는 신경을 쓰지 않습니다. 기업을 매입하듯 주식을 매수합니다.

＊돈은 그리 중요하지 않습니다. 소중한 건 지식입니다.

＊리더십이 혁신을 가능하게 합니다.

＊많이 아는 것보다 중요한 것은 하나를 알아도 정확히 아는 것입니다.

＊명성을 쌓는 데는 20년이 걸리지만, 잃는 데는 5분도 채 걸

리지 않습니다. 이를 진심으로 깨닫는다면, 아마도 지금과는 다르게 행동할 것입니다.

*사람들은 서서히 부자가 되는 것보다 당장 다음주에 복권에 당첨될 가망성에 더 큰 희망을 겁니다.

*사람을 고용할 때는 성실성, 지능, 에너지 등 세 가지 자질을 기준으로 해야 합니다. 만약, 성실성이 부족하다면 나머지 두 자질이 오히려 당신을 위험에 빠뜨릴 것입니다.

*사랑 받고 있는 사람 가운데, 자신이 실패했다고 생각하는 이는 없습니다. 그리고 사랑 받지 못하면서, 자신이 성공했다고 생각하는 사람도 없습니다.

*습관이 인생을 좌우합니다.

*10년 동안 보유할 주식이 아니라면, 10분간이라도 보유해선 안 됩니다.

*아이디어가 부실하면, 말이 화려해집니다.

＊언젠가 하고 싶은 일을 하는 때가 오면, 자신이 정말 사랑하는 일을 하라. 아침에 저절로 눈이 떠질 것입니다.

＊영웅은 살아가는 힘을 제공합니다.

＊오늘부터 비용을 절감하겠다고 말하는 관리자는, 그다지 훌륭하다고 볼 수 없습니다. '오늘부터 숨쉬기 운동을 해야겠다'고 말하는 것과 다를 바 없기 때문입니다.

＊일반사람보다 독서량 5배!

＊일을 하면 기회가 따라옵니다.

＊좋아하는 일을 택하라. 그러면 성공은 자연히 따라옵니다.

＊주식 시장은 하늘과 마찬가지로 '스스로 돕는 이'를 돕습니다. 그러나 하늘과 달리, 자신이 무엇을 하는지 모르는 이를 눈감아 주지는 않습니다.

*하나님이 그러하시듯이 주식시장은 스스로 돕는 자를 돕습니다. 반면에 하나님과는 달리 주식시장은 자신이 무엇을 하고 있는지 모르는 사람은 용서하지 않습니다.

*홀마다 홀인원을 한다면, 골프를 오래 즐기기 어렵습니다.

헨리 포드 _기업가

＊가능하다고 생각하든 불가능하다고 생각하든 당신은 옳습니다.

＊같이 모이는 것은 시작을 의미하고 같이 동참하는 것은 동참을 의미하고 같이 협력해서 일하는 것은 성공을 의미합니다.

＊근면한 자만이 휴식의 진미를 압니다.

＊나는 자동차를 팔아 엄청난 이익을 남겨야 한다고 생각하지는 않습니다. 적정 수준의 이윤이 타당하며 너무 많지 않아야 합니다. 나는 자동차에 적당한 이윤을 붙여서 파는 것이 낫다고 생

각합니다. 이렇게 해야 많은 사람들이 자동차를 사서 이용할 수 있기 때문이며, 상당한 수준의 임금으로 많은 수의 종업원에게 일자리를 제공할 수 있기 때문입니다. 이 두 가지야말로 내 일생의 목표라 할 수 있습니다.

＊단지 관습이라는 이유로 행동하는 사람을 선택하지 않습니다. 대개의 사람은 타인이 시간을 낭비하고 있는 사이에 앞으로 나아갑니다. 이것은 내가 오랜 세월 두 눈으로 보아 온 것입니다.

＊대부분의 사람은 문제를 해결하려고 노력하기보단 회피하는 데 더 많은 시간과 정력을 소비합니다.

＊도중에 포기하지 말라. 망설이지 말라. 최후의 성공을 거둘 때까지 밀고 나가자.

＊돈이 사업의 전부는 아닙니다. 사업은 돈을 물론 다른 소중한 가치도 만들어낼 수 있어야 합니다.

＊만약 돈이 당신의 자립을 위한 유일한 희망이라면 결코 가질 수 없을 것입니다. 이 세상에서 유일하게 가질 수 있는 진정한 것은 지식과 경험 그리고 능력의 축적입니다.

＊만약 성공의 비결이란 것이 있다고 하면 그것은 타인의 관점을 잘 포착하여 자기 자신의 입장에서 사물을 볼 줄 아는 재능, 바로 그것입니다.

＊무슨 직업을 택하든 여러분이 어떻게 하면 건전한 대인관계를 유지하고, 자신의 생각을 똑똑히 전하고, 타인의 이야기를 신중히 듣고, 자신의 일과 타인의 일을 계획해 준비하고, 열심히 일하고, 또한 열심히 일하기를 즐기고, 자신의 일에 중요한 사람의 얼굴, 이름 및 그 밖의 사항을 기억하는 방법을 안다면 성공할 것입니다. 이러한 능력과 솜씨를 지닌 일반교육을 받은 사람은 거의 모든 직책을 훌륭히 수행할 준비가 되어 있는 것입니다.

＊미래를 두려워하고 실패를 두려워하는 사람은 그 활동을 제한받아, 손도 발도 움직일 수 없게 됩니다. 실패라는 것은 별로 두려워할 것이 아닙니다. 오히려 실패하기 전보다 더 풍부한 지식으로써, 다시 일을 시작할 수 있는 좋은 기회입니다.

＊세상이 자신에게 준 것보다 더 많이 세상에 되돌려 주는 것, 그것이 바로 성공입니다.

＊실패란 한층 분명한 판단력으로 다시 시작할 수 있는 기회일 뿐입니다.

＊실패로 넘어가는 사람보다 자신이 먼저 항복해버리는 사람이 많습니다. 그들에게 주고 싶은 것은 지혜나 돈이나 재간이 아니고 뼈입니다. 하늘거리는 몸에 뼈를 넣어 주고 싶습니다.

＊인간이 발견한 가장 위대한 발견으로써 인간 자신을 놀라게 하는 발견은, 자기가 할 수 없다고 두려워했던 일을 해낼 수 있다는 사실을 발견하는 것입니다.

＊일만 하고 휴식을 모르는 사람은 브레이크가 없는 자동차 같아서 위험하기 짝이 없습니다. 또한 일할 줄을 모르는 사람은 모터가 없는 자동차 같아서 아무 소용이 없습니다.

1. 신중하라, 그리고 자신과 주변을 언제나 깨끗하게 정돈하라! 2. 새로운 일을 시작할 때는 그 분야에 업적을 남긴 사람들에 대해 충분히 연구하라! 3. 아는 것을 실행하라. 그리고 지식을 최대한으로 활용하라! 4. 결심한 부분에 대하여 자신의 능력을 의심하지 말라! 5. 지위 향상을 위해 재산을 아끼지 말라!

＊일의 성공을 위하여 필요하다면 어떠한 조직도 개혁하고, 어떠한 방법도 폐기하고, 어떠한 이론도 포기할 각오가 되어 있어야 합니다.

＊일하지 않는 사람은 절대 올바른 생각을 할 수 없습니다. 게으름은 비뚤어진 마음을 갖게 만듭니다. 긍정적인 행동이 뒤따르지 않는 사고는 병균과도 같습니다.

＊임금을 주는 것은 고용주가 아닙니다. 고용주는 단지 돈을 관리할 따름이고 임금은 노동자들이 만든 생산품에서 나옵니다.

＊장래를 두려워하는 사람은 실패를 두려워하여 자신의 활동을 제한합니다. 하지만 실패는 성공을 향한 밑거름입니다. 성실성이 밴 실패는 조금도 부끄러울 것이 없습니다.
장애물이란 당신이 목표지점에서 눈을 돌릴 때 나타나는 것입니다. 당신이 목표에 눈을 고정시키고 있다면 장애물이란 보이지 않습니다.

＊트집을 잡지 말고, 처방을 고민해보라.

로버트 **버겔만** _경제학자

＊초기에 작게 보이는 새로운 기회와 환경을 포착할 수 있어야
합니다. 그런 기회를 어떻게 회사 내로 끌어들여 크게 만들 수 있
느냐가 중요합니다.

＊리더십에서 나온 것을 지탱할 수 있도록 해 주는 게 기업문
화입니다. 기업문화는 성공적인 리더십의 결과물입니다. 리더가
기업문화를 형성하고, 기업문화는 다시 리더에게 영향을 미치게
됩니다.

＊성공은 지력과 자원과 추진력의 곱셈으로 이뤄지는 방정식
입니다. 지력과 자원은 대개 비슷합니다. 차이가 나는 것은 추진

력입니다.

＊새로운 비즈니스를 찾는 자생적 과정은 뚜렷하지 않고 작은 외부의 환경 속에서 가능성을 발견하는 과정입니다.

＊잠재적 위협을 걱정하면 잠재적 기회에 주의를 못 기울이게 됩니다.

＊최고경영진은 핵심사업 분야를 제외한 대부분의 경우 틀릴 수 있습니다.

＊대기업에서 새로운 사업을 개발해서 키우는 역할은 중간 및 고위 간부들이 해줘야 합니다.

＊최고경영자가 개방된 자세로 새로운 비즈니스가 클 수 있는 공간과 시간을 허용해야 합니다. 그리고 이 리더십을 지탱할 수 있는 기업문화를 만들어야 합니다.

＊결국 어떤 아이디어를 선택할 것인가가 문제가 됩니다.

＊기업문화는 나쁜 뉴스라도 먼저 말하고 빠르게 소통될 수 있

어야 하며, 권력을 가진 사람이 언론을 통제해서는 안 됩니다. 또 좋든 싫든 일단 결정이 되면 책임감 있게 실행할 수 있어야 합니다.

＊역동적인 세계에서는 행동에 옮긴 다음 여기서 함축하는 바를 재빨리 읽어내는 게 중요합니다.

＊초기에 작게 보이는 새로운 기회와 환경을 포착할 수 있어야 합니다. 그런 기회를 어떻게 회사 내로 끌어들여 크게 만들 수 있느냐가 중요합니다.

아담 스미스 _경제학자

＊경쟁에서 개개인의 야망은 집단의 이익에 이바지합니다.

＊공익을 추구하려는 의도도 없고 자신이 공익에 얼마나 이바지하는지조차 모르는 이, 오직 자신의 이익만을 도모하는 이는 그 과정에서 보이지 않는 손에 이끌려 의도하지 않았던 부수적 결실도 얻게 됩니다.

＊국부의 원인은 일반노동입니다.

＊도덕은 이기심과 동정심의 조화!

*분수에 지나친 칭찬을 받고 기뻐 뛰는 자는 가장 천박하고 평범한 인간입니다.

*소비는 생산의 종착점입니다.

*우리가 저녁식사를 할 수 있는 것은 푸줏간 주인이나 양조장 주인, 빵 제조업자들의 박애심 덕분이 아니고 오히려 그들의 돈벌이에 대한 관심덕분입니다.

*인간은 갈망하는 동물입니다.

*인간이란 거래를 하는 동물이고 개는 뼈를 교환하지 않습니다.

*최고의 이익은 개개인이 그룹 안에서 자신을 위해 최선을 다합니다.

*최소의 노동력으로 최대의 욕망을 이룩하는 것이 인간의 경제 행위의 기초 원리입니다.

*칭찬 받을 자격이 없는 것을 알면서도 칭찬 받고 기뻐하는 자처럼 천박한 가면을 쓴 위선자는 없습니다.

이브 도즈 _경제학자

*기존의 비즈니스를 확대 재생산해 성장이 가능한 분야를 집중적으로 육성하는 것을 말합니다. 다양한 파생 제품이나 서비스, 사업 등을 효과적으로 개발 할 수 있는 공통의 플랫폼을 일컫는 것으로, 기업의 역량을 다양한 신규 영역으로 확장할 수 있는 밑바탕이 됩니다. 자신이 갖고 있는 것에서부터 출발, 자연스럽게 사업을 확장할 수 있습니다.

*기업의 입장에서 다양한 사업 분야가 있다면, 각 사업 분야들 간의 긴밀한 연결 고리를 창출하는 게 무엇보다 중요합니다. 하지만 사업 부문 간의 성격이 너무 판이하게 다르다면, 연결 고리보단 오히려 어느 분야에 집중할 것인지 전략적으로 택하는

게 더 중요합니다.

＊신성장동력을 향한 혁신은 흥미로운 다양한 사람들을 한데 모으는 데서 출발합니다. 평균 지능이 높은 집단보다, 다양한 사람들이 모인 그룹에서 의미 있는 아이디어가 나올 가능성이 높습니다. 일단 다양한 아이디어들이 깨지고 부딪치면 우연한 기회에 혁신을 이룰 수 있습니다.

＊웬만한 수준의 아이디어가 나왔을 때, 아이디어를 한데 조합해 이를 구체적인 사업 과정으로 연결시킬 수 있는 사람들이 필요합니다.

＊통합적인 시스템을 만들 수 있는 기업 환경과 문화를 만들려면 다양한 부서 구성원들의 대화를 장려하고, 다른 부서 사람들이 무엇을 하고 있는지 제대로 파악할 수 있는 환경을 제공해야 합니다.

＊한 명의 생각보단 여러 관점을 갖는 사람들이 서로 얘기를 나누면서 뭔가 새로운 발견을 할 수 있습니다.

＊한국 기업들도 이제는 단순히 최고 기술의 모방자들이 아니

라 스스로 혁신의 창조자들이 돼야 한다는 사실을 알아야 합니다.

존 스튜어트 밀 _경제학자

＊강한 믿음이 있는 한 사람이 단순히 관심만 있는 아흔 아홉 사람보다 낫습니다.

＊경제체제 안에서의 자유는 그 자체가 넓은 의미로 보아 자유의 한 가지 구성요소이므로 따라서 경제적 자유는 그 자체가 목적이 됩니다. 경제적 자유는 또한 정치적 자유를 획득하는데 필수적 수단입니다.

＊공리는 모든 도덕 문제에 대한 궁극적 결의 기준입니다.

＊국가의 가치는 결국 그것을 구성하는 개개인의 가치입니다.

＊나는 지금까지 자신의 욕망을 채우려고 힘쓰기보다, 오히려 그것을 제한함으로써 행복을 찾는 것을 배웠습니다.

＊나는 지금 행복한가 하고 자기 자신에게 물어보면 그 순간 행복하지 못하다고 느끼게 됩니다.
단지 관습이라는 이유로 행동하는 사람은 선택하지 않습니다.

＊만족한 돼지가 되느니 차라리 불만족한 인간이 되는 편이 더 낫고, 만족한 바보가 되느니 불만족한 소크라테스와 같은 사람이 되는 게 더 낫습니다.

＊모든 격정 중에서 가장 추악하고 반사회적인 것, 그것은 시기입니다.

＊비록 보수주의자들 모두가 멍청한 사람들이라고 말하는 것은 옳지 않다 할지라도, 대부분의 멍청한 사람들이 보수적이라는 것은 맞는 말입니다.

＊스스로 벌지 않은 재산이야말로 공공의 복리증진을 위해 제한되어야 합니다.

＊영국노동자들은 거짓말쟁이들입니다. 그러나 그들은 외국의 노동자들보다는 낫습니다. 적어도 죄의식을 느끼기 때문입니다.

＊욕구를 채움으로써가 아니라 욕구를 줄임으로써 행복해질 수 있다는 것을 나는 배웠습니다.

＊이 세상의 모든 훌륭한 것들은 모두가 독창성의 열매입니다.

＊자기 교육의 진정한 방법은 모든 것을 의심해 보는 일입니다.

＊존재하는 모든 훌륭한 것은 독창력의 열매입니다.

＊최대 다수의 최대 행복이 도덕과 입법의 기초입니다.

＊행복을 수중에 넣는 유일한 방법은 행복 그 자체를 인생의 목적으로 생각하지 말고 행복 이외의 어떤 다른 목적을 인생의 목적으로 삼는 일입니다.

피터 **드러커** _경제학자

＊고객을 위해 내가 하는 일은 정말 멍청하고 우둔하기 그지없습니다. 단순하고 원칙적인 질문을 던지고, 대답을 한 번 생각해보라고 하고는 중요한 사안에 대해 직접 결정하라고 말할 뿐입니다.

＊고객의 욕망을 수용하거나 앞질러서 다양한 기능을 제시하는 기업이 승자가 됩니다.

＊기초적 마음가짐만큼 한정하기 어려운 것도 없고, 변하기 어려운 것도 없습니다.

＊더 이상 경쟁자는 없습니다. 여러 방식으로 조합될 수 있는 더 나은 해결책들과 더 많은 선택방법들이 있을 뿐입니다.

＊리더십은 카리스마와 관계가 없습니다. 카리스마는 리더로 하여금 잘못된 행동을 하도록 하는 원인이 됩니다. 카리스마는 그들을 융통성 없는 존재로 만들고, 자기 자신을 절대로 오류를 범하지 않는 완벽한 존재로 확신하게 만들며, 리더로 하여금 새롭게 변화할 수 없도록 만듭니다. 리더십은 오히려 평범한 것입니다.

＊마케팅의 목표는 사람들을 열망 속으로 몰아넣는 판매방법을 발견하는 것입니다.

＊사업의 목적에서 올바른 정의는 단 하나밖에 없습니다. 그것은 고객의 창조입니다.

＊10분 뒤와 10년 후를 동시에 생각하라.

＊종업원이 암만 많아도 회사 실적은 경영자의 자질에 좌우됩니다.

＊지식을 다른 방식으로 연결하는 능력, 지식을 고객과 통합해 연결하는 능력이 기업의 성패를 좌우하고 있습니다.

＊직원들의 기질, 개성을 바꾸려 들지 말라.

＊컴퓨터는 단지 도구일 뿐입니다. 타자기를 잘 안다고 훌륭한 작가가 되는 건 아닙니다.

＊하지 않아도 될 일을 효율적으로 하는 것만큼 쓸모없는 일은 없습니다.

＊혁신은 버리는 데서 시작됩니다.

＊회사는 선천적인 부분을 받아들이고, 직원들도 자신과 상사와 회사의 강점을 발휘할 방법을 찾아야 합니다.

데일 **카네기** _경제전문가

＊그대가 불쾌한 기분 속으로 들어가기 때문에 모든 것이 불쾌해지는 것입니다. 먼저 유쾌하게 생각하고 행동하라. 그러면 유쾌한 기분이 절로 솟아날 것입니다. 이것이 평화와 행복을 가져오는 방법입니다.

＊기회가 눈앞에 나타났을 때, 이것을 붙잡는 사람은 십중팔구는 성공합니다. 뜻하지 않은 사고를 극복해서 자신의 힘으로 기회를 만들어내는 사람은 100 퍼센트 성공합니다.

＊기회를 놓치지 말라! 인생은 모두가 기회인 것입니다. 제일 앞서가는 사람은 과감하게 결단을 내려 실행하는 사람입니다. ＊

＊‘안전제일’을 지키고 있다면 먼 곳까지 배를 저어 갈 수가 없습니다.

＊나의 오늘이 있는 것은 모두가 아내의 덕분입니다. 연애시절의 그녀는 나의 가장 친한 친구였으며, 마음 약한 나를 언제나 격려해 주었고 결혼 후에는 저축에 힘을 썼으며 투자를 잘 해서 재산을 만들어 주었습니다. 우리에게는 5명의 자녀가 있으며, 아내의 덕분으로 우리 집은 언제나 행복합니다. 나에게 조금이라도 명성이 있다면 그것은 모두 아내의 덕분입니다.

＊남을 비난하는 것은 위험한 불꽃이고 그 불꽃은 자존심이라는 화약고의 폭발을 유발하기 쉽고 이 폭발은 가끔 사람의 생명까지 빼앗아갑니다.

＊남을 이해하고 용서하는 것은 자기를 이해할 줄 알고 높은 인격을 가진 사람이 아니면 할 수 없습니다.

＊남자는 안달을 부리던가, 불행을 늘어놓던가, 중얼중얼 잔소리를 하는 여자와 더불어 훌륭한 진수 성찬을 먹기보다는, 통조림 콩밖에 없더라도 화기애애한 즐거운 분위기에 젖는 편을 더욱 좋아합니다.

＊내가 알고 있는 최대의 비극은 많은 사람들이 자기가 진정으로 하고 싶은 일이 무엇인지 알지 못하고 있다는 것입니다. 단지 급료에 얽매어 일하고 있는 사람처럼 불쌍한 사람은 없습니다.

＊누군가를 이끌려고 하면 먼저 자기 자신을 다스려야 합니다. 자신이 유능하기 때문에 관리자가 되었다고 믿는 순간, 부하들은 당신 없이도 잘 할 수 있다고 생각하기 시작할 것입니다.

＊다른 사람에게 어떤 일을 시키려면 딱 한 가지 방법뿐입니다. 상대방이 그 일을 하고 싶도록 만드는 것입니다.

＊당신이 내일 만날 사람들 중 4분의 3은 동정심을 갈망할 것입니다. 그것을 그들에게 안겨 주라. 그러면 그들은 당신을 사랑할 것입니다.

＊도저히 손댈 수가 없는 곤란에 부딪혔다면 과감하게 그 속으로 뛰어들라. 그리하면 불가능하다고 생각했던 일이 가능해지고 자기의 능력을 완전히 신뢰하고 있으면 반드시 할 수 있습니다.

＊도중에 포기하지 말라. 망설이지 말라. 최후의 성공을 거둘 때까지 밀고 나가자.

＊마음속에서 즐거운 듯이 만면에 웃음을 띄워라. 어깨를 쭉 펴고 크게 심호흡을 하자. 그리고 나서 노래를 부르자. 노래가 아니면 휘파람이라도 좋고 휘파람이 아니면 콧노래라도 좋습니다. 그래서 자신이 사뭇 즐거운 듯이 행동하면 침울해지려 해도 결국 그렇게 안 되니 참으로 신기한 일입니다.

＊명성보다 자신의 인격에 더 관심을 가져라. 인격은 당신 자신이지만 명성은 다른 사람들이 생각하는 당신일 뿐이기 때문입니다.

＊미소는 만물의 영장인 사람만이 가지고 있는 특권적인 표현법입니다. 이 귀한 하늘의 선물을 올바로 이용하는 것이 사람입니다. 문지기에도, 심부름꾼에게도, 안내양에게도, 그밖에 누구에게나 이 미소를 지음으로써 손해나는 법은 절대로 없습니다. 미소는 일을 유쾌하게, 교제를 명랑하게, 가정을 밝게, 그리고 수명을 길게 해줍니다.

＊믿는 일, 해야 할 일, 하고자 하는 일을 용감하게 하라.

＊사람에게는 자기의 성명이 모든 말 가운데 가장 사랑스럽고 존중하게 들리는 말입니다.

＊사람을 비난하는 것은 위험한 불꽃과 같은 것입니다. 그 불꽃은 자존심이라는 폭발을 유발하기 쉽습니다. 이 폭발은 왕왕 사람의 목숨마저 앗아갑니다.

＊사람을 싫어하는 것을 고치는 간단한 방법이 있습니다. 그것은 타인의 장점을 발견하는 것입니다.

＊사물에 대한 관점을 바꾼다면, 모든 일이 즐거워질 것입니다. 일에 흥미를 가지면, 회사에 이익이 되고 윗사람이 기뻐할 것입니다. 그건 그렇다 치고 실익이란 점에서 생각해도 일에 흥미를 가지면 인생의 즐거움이 두 배로 됩니다. 일어나 있는 시간의 반은 일을 하고 있으므로 일이 즐겁지 않으면, 그 인생은 불행하게 됩니다. 일이 재미있게 되면 고뇌를 잊게 되고, 어느 날인가는 승진이나 승급도 실현될 수 있습니다. 적어도, 피로는 최저한도로 억제할 수 있으며, 여가를 훨씬 더 즐겁게 지낼 수 있게 됩니다.

＊세계적으로 유명한 심리학자인 스키너가 실험을 통해 증명

한 바에 의하면 좋은 행동으로 보상받는 동물이 나쁜 행동으로 처벌받는 동물보다 더 빨리 배우고 배운 것을 효과적으로 간직한다고 했습니다. 그 후의 연구에 의해 사람들도 마찬가지라는 것이 밝혀졌는데 비판에 의해서는 사람들을 변화시키기 힘들고 적개심만을 초래하게 됩니다.

＊세상은 스피드 시대입니다. 밧줄을 푸는데 시간을 다 보내서야 언제 사무를 본단 말인가. 칼로 끊어야 합니다.

＊어느 곳에 돈이 떨어져 있다면 길이 멀어도 주우러 가면서 제 발 밑에 있는 일거리는 발길로 차버리고 지나가는 사람이 있습니다. 눈을 떠라! 행복의 열쇠는 어디에나 떨어져 있습니다. 기웃거리고 다니기 전에 마음의 눈을 닦아라!

＊어떤 일에 열중하기 위해서는 그 일을 올바르게 믿고, 자기는 그것을 성취할 힘이 있다고 믿으며, 적극적으로 그것을 이루어 보겠다는 마음을 갖는 일입니다. 그러면 낮이 가고 밤이 오듯이 저절로 그 일에 열중하게 됩니다.

＊어린이의 대망을 듣고 웃어서는 안 됩니다. 어린이에게 웃음은 비웃음을 뜻하는 일이 많고 비웃음만큼 마음을 괴롭히는 것

도 없습니다. 어린이가 주제에 어울리지 않는 대망에 대하여 말할 때 아버지가 할 일은 그 대망에 대한 여러 관점에서 잘 이야기를 해주는 일입니다. 어떻게 하면 그 목표에 도달할 수 있는가 그 방법과 희망을 심어 주는 것입니다. 무엇보다도 어린이가 자기 힘으로 할 수 있는 일에는 손을 빌려주지 않습니다. 스스로 자신의 성공을 키워갈 특권과 자격을 빼앗아서는 안 됩니다.

＊언뜻 보기에 보잘것없는 일일지라도 전력을 다해야 할 것입니다. 일은 정복할 때마다 실력이 붙습니다. 작은 일을 훌륭히 해내면 큰 일은 자연히 결말이 납니다.

＊여자는 자신의 생일과 결혼 기념일을 매우 소중히 여깁니다. 왜 그럴까. 남자에게는 이해할 수가 없는 여자의 심리적인 수수께끼입니다. 대부분의 남자들은 달력 따위엔 흥미가 없습니다. 그러나 절대 잊어서는 안될 날은 아내의 탄생일, 자신의 결혼 기념일입니다. 두 날은 절대 잊어서는 안 됩니다.

＊열심히 일하는 사람이 되기를 원한다면 열심히 행동해야 합니다.

＊웃는 얼굴이 없는 남자는 상점을 개설해서는 안 됩니다.

＊웃음은 근심 없는 정신의 자연스러운 표현입니다.

1. 논쟁을 피하라! 2. 상대방의 잘못을 들추지 말라! 3. 자신의 잘못을 인정하라! 4. 공손하고 온화하게 말하라! 5. 긍정적인 대답이 나올 수 있도록 화제를 찾아라! 6. 상대방으로 하여금 말하게 하라! 7. 상대방이 생각해 내도록 하라! 8. 상대방에게 호감을 표시하고 동정하라! 9. 상대방의 입장에서 생각하라! 10. 마음씨에 호소하라! 11. 훌륭한 연출솜씨를 발휘하라! 12. 경쟁심리를 자극하라!

1. 동료, 상사, 부하에게 늘 웃으며 대하자! 2. 전화통화시 항상 친절하자! 3. 칭찬을 들으면 언제나 고맙다고 답례하자! 4. 타인의 시선이나 평가에 얽매이지 말자! 5. 불평, 불만이 있는 사람과는 멀리 하자!

1. 우선 최악의 사태를 생각해 본다! 2. 아무리 해도 피할 수가 없다는 것을 알게 되면, 결연히 각오를 새롭게 한다! 3. 그 다음, 마음을 침착하게 먹고 사태의 개선을 위한 일에 착수한다!

＊일이란 본래 육체로 하는 것이지 정신으로 하는 것이 아닙니다. 글씨를 쓰더라도 먼저 손을 놀려야 합니다. 일의 시초는 육

체의 발동에 있습니다. 무엇을 해야한다는 마음은 있으면서 막상 시작은 못하고 망설이는 사람이 있는데, 우선 시작부터 하고 나면 일은 진전되게 마련입니다. 머리 속에 스스로 무거운 짐을 짊어지지 말고 가볍게 손발을 놀리는 것이 중요한 일입니다.

1. 잘못을 저지른 사람에게도 그 나름대로 까닭이 있다는 것을 인정하라! 2. 상대방이 원하는 바를 알아내고 그것을 실행할 수 있도록 도와줘라! 3. 상대방의 입장에서 생각하라!

1. 처음 만나는 사람의 이름을 잘 기억한다! 2. 타인을 편안하게 해주는 사람이 되라! 3. 느긋하고 편안한 마음을 갖도록 노력하라! 4. 이기적이 되지 말라. 모든 것을 다 알고 있는 척하지 말라. 평범하고 겸손하라! 5. 자신의 성격 결함을 개조하라! 6. 타인에게 도움을 줄 수 있도록 하라! 7. 불평불만을 버리고 자신의 잘못을 솔직히 인정하라! 8. 모든 사람을 진심으로 사랑하라! 9. 주위 사람의 성공에 대하여 축하하라. 그리고 슬픔이나 실망에 처한 사람을 위로하라! 10. 당신과 함께 함으로써 사소한 것일지라도 무엇인가 얻을 수 있다는 생각을 갖게 하라!

＊자기의 능력이나 실력을 생각하지 않고, 단숨에 몇 계단을 뛰어 올라가려는 사람은 성공하지 못합니다.

＊자신이 특별한 인재라는 자신감만큼 그 사람에게 유익하고 유일한 것은 없습니다.

＊자신이 하는 일을 재미없어 하는 사람치고 성공하는 사람 못 봤습니다.

＊좋은 기회란 우리들 자신 속에 있습니다.

＊죽을 때까지 남의 원망을 듣고 싶은 사람은 남을 신랄하게 비판하는 것을 일삼으면 됩니다.

＊지금이야말로 인생이라고 하는 훌륭한 모험을 이 지구상에서 실행할 수 있는 유일한 기회입니다. 그러므로, 될 수 있는 한 풍성하고 행복하게 사는 계획을 세워 실행합니다.

＊참으로 마음의 편안함을 얻으려면, 올바른 가치판단을 할 수 있어야 한다는 것이 나의 신념입니다. 그렇기 때문에 자기의 처세훈을 만들 마음이 있다면, 모든 괴로움의 반은 꼭 없어집니다. 그 처세훈이라는 것은 자기 인생에 있어서 어떤 것이 가치

가 있는가를 판단하는 측정 기준이 됩니다.

＊책임을 지고 일을 하는 사람은 회사, 공장, 기타 어느 사회에 있어서도 꼭 두각을 나타냅니다. 책임이 있는 일을 하도록 하자. 일의 대소를 불문하고 책임을 다하면 꼭 성공합니다.

＊친구를 얻게 되고, 이쪽의 생각에 따라오게 하는 가장 확실한 방법은 상대의 의견을 충분히 받아들이고, 상대방의 자존심을 만족시켜주는 일입니다.

＊칭찬은 상대로 하여금 자신이 중요한 사람임을 느끼도록 만드는 것입니다.

＊타인을 대할 때는 친절한 태도로 할 것이며 미소를 잊어서는 안 됩니다. 미소는 가정의 행복을 더하며, 사업의 흥미를 돋우며, 친구 사이를 두텁게 하고, 피곤한 사람에게 위안을 주며, 낙담한 사람에게 희망을 주며, 우는 사람에게 위로를 줍니다. 그러므로 남이 좋아하는 사람, 곧 좋은 인상을 받기 원하는 사람 그리고 쾌활함과 행복감을 찾으려는 사람은 '미소' 라는 두 글자를 지니도록 하라.

＊포유류가 치열한 생존 경쟁을 이기고 지금까지 건재하여 생물의 영장으로 존립할 수 있었던 이유는 그들이 강해서도 아니고 그들이 지능이 뛰어나서도 아니고 오직 그들이 변화에 가장 잘 적응했기 때문이었습니다.

＊하고자 하는 일은 반드시 착수하기 전에 충분히 연구하라.

＊행복은 자기 자신에게 잘 주의하는 사람에게만 찾아옵니다.

＊행복의 유일한 방법은 감사를 바라지 않으며 남에게 '주는 기쁨'을 갖는 데 있음을 기억하라. 당신의 고민거리를 헤아리지 말고 당신이 받은 축복을 헤아려라. 남을 모방하지 말라. 자기 자신을 발견하고 자기답게 살라. 인생에서 가장 중요한 일은 자기가 얻은 것을 자본으로 삼는 일이 아닙니다. 참으로 중요한 것은 손실로부터 유익을 얻는 일입니다. 다른 사람에게 흥미를 가짐으로써 피곤한 자기 집중에서 벗어나라. 다른 사람의 얼굴에서 웃음을 띨 일을 한 가지씩 하라.

＊행복해지고 싶으면, 무엇인가 목표를 세워서, 그것을 자기가 생각하는 일체와 비교하고, 지금까지 억눌려 왔던 저력을 한꺼번에 해방시켜서, 희망을 주어야 합니다. 행복은 자기 내부에 있

습니다. 이것을 끌어내는 데는 자기의 생각과 저력의 전부를 쏟을 수 있는 목표를 세워 실행하는 것입니다. 행복해지고 싶으면, 자기 이외의 것에 마음을 쏟으면 됩니다.

＊현대는 연출의 시대입니다. 단순히 있는 사실을 말하는 것으로는 남의 마음을 사로잡지 못합니다. 그것을 생생하고 재미있게 극적인 것으로 만들어 내야 합니다. 말하자면 연출자의 손을 빌려야 한다는 것입니다. 영화나 방송은 이 같은 수법을 쓰고 있습니다. 당신도 이 방법으로 주목을 끌어 보는 것이 좋습니다.

＊현재의 이 시간이 더할 수 없는 보배입니다. 사람은 그에게 주어진 인생의 시간을 어떻게 이용하였는가에 따라서 그의 장래가 결정됩니다. 만일 하루를 헛되이 보냈다면 큰 손실입니다. 하루를 유익하게 보낸 사람은 하루의 보배를 파낸 것입니다. 하루를 헛되이 보내는 것은 내 몸을 소모하고 있다는 것을 알아야 합니다.

브라이언 트레이시 _경제전문가

＊기업들은 소비자들에 관한 명확한 개념이 없을 때 실패의 위험에 빠집니다. 그렇기 때문에 항상 물어야 합니다. '그럼 이 소비자 들이 다른 기업들이 아닌 우리 기업 제품을 사게 만들려면 어떻게 해야 하지?' 이 질문에 답하지 못하면 결국 실패합니다.

＊모든 성공은 끔찍한 실패를 바탕으로 합니다. 이를 견딜 수 있는 고집과 끈기가 필요합니다.

＊나는 성공하기 전에 내 인생의 모든 단계에서 실패하고 또 실패했습니다.

＊당신이 어디서부터 왔는지는 전혀 중요하지 않습니다. 오직 어디로 향하고 있는지가 중요합니다.

＊모든 직업, 상품, 서비스, 기업은 사람과 똑같이 태어나고 자라나 결국 늙어 가는 과정을 거칩니다.

＊성공도 우연이 아니고 실패도 우연이 아닙니다. 성공하는 사람은 성공에 이르는 일을 하는 사람이고 실패한 사람은 그런 일을 하는데 실패한 사람입니다.

＊성공을 위한 가장 중요한 기술은 누구보다 명확하고 구체적인 목표를 세우고 이를 실현할 수 있는 세부 계획을 짜는 것입니다.

＊성공의 법칙은 사실 간단합니다. 첫째는 자신에게 진정한 행복을 주는 일을 찾는 것입니다. 둘째로는 자신이 몸담은 분야에서 잘하기 위해 자신의 모든 것을 쏟아 붓는 것입니다. 또 성공할 때까지 도전하는 자세 역시 중요합니다.

＊성공이란 당신이 가장 '즐기는 일'을 '당신이 감탄하고 존경하는 사람들 속에서' 당신이 가장 '원하는 방식'으로 행하는 것

입니다.

＊성공적인 모든 사람들은 가슴속에 큰 꿈을 품은 사람들이었다. 그들은 항상 더 나은 미래를 상상하고 모든 방법을 동원해 이상 실현을 위해 철저히 매달린 사람들이었습니다.

＊성공한 사람들은 누구든지 엄청나게 많은 실수를 저질렀고, 그럼에도 불구하고 그들이 성공할 수 있었던 비결은 포기하지 않는 '고집'이 있었기 때문입니다.

＊어떤 일을 함에 있어 자신이 현재 추구하는 방법보다 더 좋은 방법이 항상 있을 수 있다는 열린 마음을 가져라. 그리고 더 좋은 방법을 끊임없이 찾도록 하라.

＊유능한 협상가는 협상이 진행 중이거나 끝난 후에도 상대편과 좋은 관계를 유지하는 것입니다.

＊표적시장을 정한 다음 '나에게 맞는 소비자는 누구인가?' '내가 이 사람에게 뭐를 해 줘야 하는가?' '내 상품은 다른 것들과 어떻게 다른가?' 등을 고민해야 합니다.

＊항상 마음속에 두고 끊임없이 자신에게 묻고 또 물어야 할 질문이 있습니다. 지금 나의 시간을 가장 값지게 보내려면 무엇을 해야 할까?

테리 **켈리** _경제작가

*거의 모든 원칙은 어느 정도까지는 나름대로 정당한 근거가 있으며 그 원칙을 따름으로써 어느 정도의 성취도 얻을 수 있습니다. 그러나 어떤 원칙은 진정 필요가 없는 경우가 있으며 오히려 지키지 않는 것이 나을 수도 있습니다. 이런 원칙은 당신 스스로 깨뜨릴 때 오히려 사고의 유연성과 창의성을 가져다 주기도 합니다. 그러나 충분한 생각을 하고 난 후에야 가능한 일입니다.

*경청하지 않는다면 배움도 없습니다. 만약 당신이 경청하는 자세를 보이지 않는다면 상대방은 얘기하는 것을 그만 둘 것이며 무시의 대가는 상상외로 클 수도 있습니다.

＊누군가를 이끌려고 하면 먼저 자기자신을 다스려야 하고 자신이 유능하기 때문에 관리자가 되었다고 믿는 순간, 부하들은 당신 없이도 잘 할 수 있다고 생각하기 시작할 것입니다.

＊변화란 당신이 싫건 좋건 함께 살아가야 하는 것입니다. 변화란 숙명적인 노화처럼 별 유쾌한 것은 아닙니다. 변화는 위험을 수반하지만 필요하기 때문에 어쩔 수 없이 하며, 따라서 위험한 행동을 할 때와 같이 충분한 주의를 기울여야 합니다.

＊부하의 고유한 업무에 대해서 꼬치꼬치 지시하는 것은 별로 바람직하지 않습니다. 그러나 우둔하게 일하도록 내버려두는 것은 더 나쁩니다.

＊성공한 사람의 가장 중요한 덕목 중 하나로 개방적인 사고가 있습니다. 이것은 누군가의 얘기를 들어주는 자세가 되어있지 않으면 불가능하며 상대방이 하는 말에 반대되는 의견을 갖고 있다면 더 어려운 일일 수도 있습니다. 특히 전문적인 지식을 갖고 있다면 경청한다는 것이 훨씬 더 어려울 수도 있습니다. 그러나 훌륭한 경영자일수록 이런 상황을 극복하기 위해 노력합니다. 그들은 이 원칙을 따름으로써 생기는 가치를 알고 있습니다.

＊실패에 대해서는 어떤 경우에도 변명이란 없습니다. 그러므로 반드시 성공해야 하며 그 성공의 최선의 방법은 바로 '준비'란 걸 잊어서는 안 됩니다.

＊싫든 좋든 간에 분명히 당신이 맞서야 한다는 사실 이외에는 리스크에 대해서 더 이상 할말이 없고 당신 개인이나 당신의 회사나 얼마간의 리스크가 없이는 무엇도 할 수 없습니다. 리스크가 전혀 없다고 하는 것은 스스로 바보라고 하는 것과도 같습니다. 그러므로, 대담해지되 신중해져야 합니다. 그것이 최선입니다.

＊어떤 비즈니스든 경쟁이 없다면 훌륭한 성과 달성은 꿈꾸기 어렵습니다. 길게 봤을 때 사업의 성공을 위해서는 둘 이상의 동종 업계의 경쟁이 반드시 필요합니다.

＊위험이란 실패의 가능성을 의미하며, 위험부담을 안는다는 것은 주위로부터 웃음거리가 될 것을 감수해야 한다는 걸 명심해야 합니다. 그리고 실패를 두려워하는 것은 성공을 두려

워하는 것이라는 사실을 명심해야 합니다.

*윗사람은 당신이 열심히 노력하는 것만 갖고는 박수를 치지 않습니다. 물론 열심히 하는 것도 중요하지만 성공하지 못하면 바보취급만 당하기 십상입니다.

*일이란 판단력을 시험하는 또 다른 한 방법입니다. 한가지 일을 끝내는 방법에는 여러 가지가 있게 마련입니다. 당신은 그 상황 하에서 가장 적당한 길을 찾아야 합니다. 꾸물거리며 결정을 늦추지 마라. 의사결정이 늦는 것은 상황을 보지 않고 기존 방식을 따르려 하기 때문에 비롯됩니다.

*정도를 걸어야만 변혁이 성공하는 것은 아닙니다. 변혁이란 감성적인 측면이 강하므로 순순히 수용되기는 힘듭니다. 크건 작건 간에 난관에 봉착하게 됩니다. 이 난관을 어떻게 대응하느냐에 따라서 변혁이 성공하느냐 실패하느냐 판가름이 나게 됩니다.

*태도와 재능 위에 '노력'이 더해져야 성공할 수 있습니다. 보다 훨씬 중요한 것이 있다면 그건 자신의 비밀을 기꺼이 당신에게 말해줄 수 있는, 진정 성공한 사람과 가까이 지내는 것입니다.

＊항상 최선의 결과만 얻으려고 한다면 오히려 결과는 그다지
바람직하지 않을 경우가 많습니다.

토마스 에디슨 _경제협력가

＊기업은 우리가 소위 교육이라고 부르는 것을 구성하고 있는 어떤 대학이나 학교보다도 정확한 학교입니다. 그 과정은 철저히 실용적이며 교사들은 우리 세대의 사람들이 소위 다혈질이라 부르는 사람들입니다. 그러나 그것은 경영의 의무교육을 받는 학생들이 세우는 학교이며, 전문학교이자 또한 대학교입니다. 교육 과정이 언제나 자유로운 것도 아니고 어떤 경우에는 가르침을 받기 위해 교육비를 내야 하며 일정 범위 내에서만 선택적입니다. 오늘날 단지 소수의 젊은이들만이 교육제도가 마련한 높은 기준의 시험을 선택하고 통과함으로써 효과적으로 적응한다는 사실은 기업의 요구에 대한 일반적인 준비가 상당히 뒤떨어져 있음을 잘 보여주는 사례입니다. 우리가 힘들고, 차갑고,

기쁘고, 온화하고, 그리고 피할 수 없는 실제 인생의 경험을 실질적으로 준비하고자 한다면, 우리는 교육을 그 한계까지 끌어 올려야 합니다.

*나는 어떤 사람이든, 심지어 아주 능력이 부족한 사람조차도 오직 노력에 의해서만 발명가가 될 수 있다고 믿습니다. 충분히 오랫동안 열심히 한다면 어떤 일이든지 할 수 있습니다. 물론 재능이 있는 사람은 목적하는 바를 좀더 빨리 이룰 수 있겠지만 재능이 없어도 꾸준히 하는 사람은 궁극적으로 목표에 도달할 수 있습니다. 한 가지 일에 지속적으로 피나는 노력을 하는 것은 분명히 그것에 관한 새로운 아이디어를 발전시키는 것이고, 그것은 또 다른 아이디어를 내고, 이것이 반복되면 어느새 완벽한 아이디어가 당신 앞에 완성되게 됩니다. 무엇보다도 일단 행동 계획을 세웠다면 절대 포기해서는 안 됩니다.

*발명가로서 성공할 수 있는 비법에 관해서 내가 해줄 수 있는 말은 조금밖에 없습니다. 그리고 이 말은 발명 외에도 사람들이 하고자 하는 다른 사업 분야에서도 통하는 것입니다. 첫째, 당신이 발명하고자 하는 것이 진짜 필요한 것인지 알아 보라. 그리고 그것에 관해 생각을 시작하라. 아침 여섯 시에 일어나고 다음 날 새벽 두 시까지 일하라. 그리고 당신의 마음속에서 어떤 것

이 저절로 발전할 때까지 이 일을 계속하라. 그래도 되지 않는다면, 잠을 더 줄이고 깨어 있는 동안 더 열심히 일해야 합니다. 이 원칙을 따른다면 발명가로서 또는 다른 무엇이든지 원하는 분야에서 성공할 수 있을 것입니다. 전구와 축음기 그리고 영사기를 발견할 수 있었던 것은 바로 이 원칙을 철저히 지켰기 때문이었습니다.

＊어떤 발명을 완성하기 위해서 때로는 100퍼센트 높이의 딱딱한 벽을 향해 똑바로 달려가는 듯한 느낌이 듭니다. 아무리 시도해도 그것을 넘지 못하면 나는 다른 일로 방향을 전환합니다. 그러면 몇 달 또는 몇 년 후 언젠가는 내 스스로 또는 다른 사람이 발명한 것, 아니면 이 세상의 다른 분야에서 일어난 무엇인가가 적어도 그 벽의 부분이나마 알도록 해줍니다. 나는 어떤 상황에서도 내 자신이 실망하는 것을 용납하지 않습니다. 어떤 프로젝트에서 문제를 해결하기 위해 수천 번의 실험 끝에 마지막으로 실시한 실험이 실패로 돌아가자 조수 중의 한 사람은 그 실패에 대해 극도로 실망했습니다. 나는 그에게 우리는 그래도 무언가를 배웠다는 것을 확인시켜주고 격려해 주었습니다. 그 실패에서 우리가 분명히 배운 것은 그 일을 할 수 없는 수천 가지 방법이었고 따라서, 다른 방법을 사용해야 한다는 것입니다. 우리가 할 수 있는 최선의 생각과 작업을 투입한다면 때로는 실패에

서도 많은 것을 배울 수 있습니다.

　＊종종 발명을 우연으로 돌리는 식의 말도 안 되는 이야기가
인구에 회자되는 경우가 있습니다. 내 경우에, 아무리 사소한 발
명이라도 우연히 이루어진 것은 없습니다. 대부분은 오랜 동안
의 고통스러운 작업 끝에 이루어진 것이며 사전에 잘 분석된 목
표를 달성하기 위해 계획된 수없이 많은 실험을 거친 결과물입
니다.

닉 라일리 _기업가

✳ 변화와 혁신은 창조의 바탕 위에서만 가능합니다.

✳ 아이디어의 문제점을 발견하는 것이 아니라 아이디어를 키워나가는 데 노력을 집중하고 이를 통해 지속적으로 아이디어들의 시제품을 만들고 다양한 시도를 해봅니다.

✳ 엄격한 평가기준과 함께 직관과 경험에 의해 아이디어들의 우선순위를 결정합니다.

✳ 오늘날 우리는 산업화시대와 지식정보화시대를 거쳐 창조력이 경쟁력의 핵심인 시대에 살고 있습니다.

＊주요 기업의 최고경영자들이 창조경영을 21세기 경영의 키워드로 내세우며 이를 위해 기존의 사고를 깨는 변화와 혁신을 강조하고 있습니다.

＊지속적인 통찰을 통해 탁월한 수많은 아이디어를 발생시키고 이 아이디어를 효율적으로 관리합니다.

사이몬 **안젤로** _기업가

　＊당신이 하는 일을 사랑하라. 그러면 성공의 기회가 찾아옵니다. 다른 사람들이 정말로 원하는 것이 무엇인지 이해하고 적절한 시기와 적절한 장소 그리고 적절한 가격으로 그들에게 공급하라. 그러면 성공은 당신의 몫입니다. 정보화 시대에는 혁신적인 것만이 미래를 바라볼 수 있습니다.

　＊사람들이 정말로 원하는 컨텐츠를 가지고 자기 분야에서 최고의 사이트가 되는 것이 링크 인기도를 높이는 확실한 방법이자, 사이버 공간에서 매일 같이 일어나는 보이지 않는 전투에서 살아남는 길이기도 합니다.

＊수없이 많은 사람들이 인터넷 창업에 뛰어들었다가 실패하는 것은 통하지 않을 상품, 즉 터무니없는 상품을 판매하려 하기 때문입니다.

＊어떤 산업 분야에서나 일정한 시점에 이르면 전환점을 맞이하게 되며, 궁극적으로 고객을 이해하는 사람은 번창하고 그렇지 못한 사람은 뒤쳐지게 됩니다. 독점적인 위치에 있지 않는 한, 특정 고객의 요구와 필요를 만족시키기 위해 철저하게 헌신해야 하는 것이 비즈니스입니다.

＊당신의 비즈니스에 인생을 걸어라. 다른 것은 생각하지 마라. 만약, 일을 사랑한다면 매일 나가 최선을 다하라. 그러면 곧 주변의 모든 사람이 당신의 열정을 따라 하게 될 것입니다.

＊만약 당신이 항상 고객의 기대를 넘어선다면 고객은 다시 오고 또 올 것입니다. 고객에게 그들이 원하는 것을 주어라. 나아가 그 이상을 주어라. 그들로 하여금 당신이 그들에게 감사하고 있다는 것을 알게 하라.

＊서비스 정신이 조직 내에 깊이 배어 있지 않으면 서비스 품질 향상은 결코 이루어지지 않습니다.

＊우리가 성취한 가장 위대한 기술과 가장 위대한 업적은 바로 직원들과의 효율적인 의사소통에 있습니다. 우리는 가능한 한 모든 수단을 활용하여 직원들의 이야기에 귀를 기울입니다. 당신도 직원들의 관심사를 우선시하라. 그러면 그들은 몇 배로 회사에 보답할 것입니다.

＊우리의 시장은 단 하나뿐이다. 바로 고객이다. 고객들은 이 세상 어딘가에서 우리의 물건을 구매할 이들로, 최고 경영자를 비롯한 모든 사람을 해고할 수 있습니다.

＊이제껏 나는 최고의 유통 회사를 만드는 일에만 주력해 왔습니다. 개인적인 부를 축적하는 것은 내 관심 밖의 일이었습니다.

＊혼자서 영광을 추구하는 사람은 많은 것을 성취할 수 없습니다.

오프라 **윈프리** _기업가

＊계속해서 전진하라. 당신 자신에 대한 확신으로 더 힘을 내서 하려고 한다면, 당신이 선택하는 일은 무엇이든지 할 수 있습니다.

＊나는 스스로에게 여러 가지를 입증해야 하는데, 그 중의 하나가 바로 두려움 없이 인생을 사는 것입니다.

＊사람들과 쉽게 포옹하라.

＊아픈 경험을 자양분으로 삼아라. 지혜를 얻을 것입니다.

＊인생의 가능성을 믿기 때문에 지금 여기 있습니다.

＊인생의 승리자가 되려면 책임지는 사람이 되어야 합니다. 과거에 머물러서 그 과거가 지금 당신을 지배하도록 놔둔다면 결코 성장 할 수 없습니다. 여기 있는 여러분들이 열정을 다해 살아간다고 믿습니다.

1. 남들의 호감을 얻으려 애쓰지 말라! 2. 앞으로 나아가기 위해 외적인 것에 의존하지 말라! 3. 일과 삶이 최대한 조화를 이루도록 노력하라! 4. 주변에 험담하는 사람들을 멀리하라! 5. 다른 사람들에게 친절하라! 6. 중독된 것들을 끊어라! 7. 당신에 버금가는 혹은 당신보다 나은 사람들로 주위를 채워라! 8. 돈 때문에 하는 일이 아니라면 돈 생각은 아예 잊어라! 9. 당신의 권한을 다른 사람에게 넘겨주지 말라! 10. 포기하지 말라!

*같은 분야에서 성공을 반복하느니 다른 일을 시도하고 싶습니다.

*꿈을 꿀 수 있다면, 그것을 할 수도 있습니다.

*꿈을 실현하는 비결을 알고 있는 사람이 정복할 수 없는 것은 없습니다. 이 비법은 호기심, 자신감, 일관성, 용기로 요약할 수 있습니다. 이 중 가장 중요한 것은 자신감입니다.

*내 상상력이 내 현실을 만들어냅니다.

＊사람들이 다시 와서 더 요구할 수 없도록 일을 철저히 행하라.

＊성공하려면 남과 다른 나만의 개성을 가져야 하고 남과 달라야 합니다. 내가 지닌 것이 사람들이 원하는 것이라면 사람들은 그것을 얻기 위해 나에게 오게 되어 있습니다.

＊아무리 훌륭한 일이나 아무리 완전한 일을 행했다고 할지라도, 그 사람의 괴로움, 그리고 번민을 이해하려는 마음에 그것들이 미칠 수는 없습니다.

＊우리는 앞으로 계속해서 나가며, 새로운 문을 열고, 새로운 일을 벌입니다. 우리에겐 호기심이 있기 때문입니다. 호기심은 계속해서 새로운 길로 우리를 인도합니다.

니콜라스 탈렙 _기업가

＊사람들은 일단 이론을 세우면 그것을 확인해주는 증거만 찾
습니다.

＊우리가 과거의 경험으로부터 모든 것을 배울 수 없습니다.

＊우리는 생각만큼 그렇게 안전하지 않습니다.

도날드 트럼프 _기업가

＊거래는 나의 예술 작품입니다. 다른 사람들은 캔버스에 아름
다운 그림을 그리거나 환상적인 시를 씁니다. 나는 거래를, 특히
큰 거래를 좋아합니다. 거래는 나를 흥분시킵니다.

＊돈이 걸려 있는 일을 중도에서 포기한 적은 내 생애에 한 번
도 없었습니다. 그래서 처음부터 이길 줄 알았습니다.

＊당신의 능력은 당신을 위해 일하는 직원들이 가진 능력 그
이상도 이하도 아닙니다.

＊사고할 수 있는 두뇌가 계속 살아있는 한 나는 크게 생각할

것입니다.

　＊이기기 위해 투자하는 사람들은 누구보다 많이 공부해 리스
크를 정확히 파악할 수 있는 사람들입니다.

리처드 에델만 _기업가

* 가장 좋은 홍보맨은 바로 회사 직원입니다.

* 소비자는 자기와 같은 보통사람들의 말을 더 신뢰합니다.

마이클 델 _기업가

＊고객들이 원하는 것에 지속적으로 관심을 기울이고 그들에게 의미가 있으며 월등한 가치를 전해 주는 제품과 서비스를 제공하는 한, 우리는 계속 번창할 것입니다.

＊내가 부자가 된 비결은 호기심입니다. 나는 질문을 많이 합니다. 어떻게 하면 기존 방식을 벗어나서 접근할 수 있을 것인가를 고민했습니다.

＊내가 제일 처음 배운 것 중 하나가 망치는 것과 배우는 것 사이의 연관성입니다. 더 많은 실수를 할수록 더 빨리 익힐 수 있었습니다.

＊혼자 힘으로 모든 것을 해낼 수 있다는 생각만 버린다면 완전히 실패하는 경우는 없습니다.

월터 크라이슬러 _기업가

＊당신이 진심으로 성공하고자 한다면, 자기 훈련을 두 번째 사랑으로, 목표 설정을 첫 번째 사랑으로 삼아라.

＊수많은 사람들이 인생에서 출세하지 못한 이유는 기회가 문을 두드릴 때, 뒤뜰에 나가 네 잎 클로버를 찾기 때문입니다.

웬델 윅스 _기업가

*사람이야말로 손익보다 훨씬 중요한 존재입니다.

*성과를 내기 위해서는 직원들을 잘 알아야 합니다.

*실수를 통해 교훈을 얻은 사람은 다음 번엔 반드시 나아집니다.

＊조직의 학습능력, 그리고 그것을 신속하게 행동으로 옮기는
능력이 궁극적으로 기업의 경쟁우위를 결정해 줍니다.

＊최고인재의 핵심역량은 창의성입니다.

제인 애플게이트 _기업가

＊같은 물건이라도 소비자층에 따라 다르게 만드는 것은 모든 사업에 적용될 수 있습니다.

＊나를 불행하게 만드는 사람들하고 일하기에 인생은 너무나 짧습니다.

＊당신이 무엇을 하든, 고객에게 무료로 줄 수 있는 것이 무엇이 있는지 생각해 보라.

＊당신이 제공하는 혜택이 무엇이든 고객들의 관심을 끌 수 있다면 고객들은 당신 문 앞으로 달려올 것입니다.

제프 베조스 _기업가

＊아이디어를 구체적인 업무로 정착시키는 것이 가장 어려운 부분입니다. 아이디어를 제안하는 것은 쉬운 일입니다. 정작 어려운 것은 그 아이디어를 실행하는 것입니다.

＊우리는 이 세상이 한번도 보지 못한 것을 만들고 싶습니다.

케빈 로버츠 _기업가

 * 상식을 뛰어넘는 발상을 하라. 뭔가 독특한 경험을 통해 기업 내부의 창조성을 극대화하라.

 * 앞으로 브랜드가 살아 남기 위해선 소비자들과 이성이 아닌 감성으로 연결되어야 합니다.

 * 역발상의 경험을 통해 터득한 창조적인 마케팅 비결은 '소비자들과의 만남' 입니다.

토머스 쉰 _기업가

＊어떤 기업이 성공하느냐, 실패하느냐의 실제 차이는 그 기업이 소속되어 있는 사람들의 재능과 열정을 얼마나 잘 끌어내느냐 하는 능력에 의해 좌우된다고 나는 믿습니다.

＊어떤 일이든 그것이 세상에서 가장 위대한 사업이라는 것을 믿지 못한다면 결코 그 일에서 성공할 수 없습니다.

피어갈 퀸 _기업가

*고객 중심주의의 가장 기본이 되는 첫번째 법칙은 바로 '고객이 다시 찾게 되는 것을 가장 중요하게 생각하자' 입니다. 고객이 다시 찾게 하는 것, 이것이 바로 '부메랑의 법칙' 입니다.

*훌륭한 세일즈맨이란 더 많이 사도록 강요하는 것이 아니라 고객이 다시 찾도록 하는 사람입니다.

한스 폴 **뷔르크너** _기업가

＊혁신기업이란 새로운 것을 발명하기보다는 아이디어를 포장하고 상업화하는데 성공한 기업으로 해석해야 합니다.

＊경영전략에 유일한 해답은 없다. 우리 회사에 가장 적합한 전략이 무엇인지 찾아내는 것이 중요합니다.

헥터 루이스 _기업가

＊공정한 자유경쟁 시장상황에서 소비자들은 기업이 시장에 제공하는 혁신의 질을 바탕으로 승자와 패자를 결정하게 됩니다.

＊당신의 열정을 발견해 내고 그것을 계속 키워나가야 합니다. 기회가 주어질 때 그것을 잡을 수 있어야 합니다. 그러면서 당신에게 주어진 것에 대해 감사할 줄 알아야 합니다. 당신 삶을 이끄는 것은 바로 당신 자신입니다. 기쁨을 가지고 매사에 성실히 임하라.

그레이엄 벨 _기업가

＊어떤 일을 하고 싶은지 자기 스스로 찾아내고, 전력을 다해 몰두하라. 다른 사람보다 한 걸음 앞서고 싶으면, 자기 장래의 계획은 자기가 정하여야 합니다. 알맞게 몰두할 수 있는 일에서, 의욕과 힘을 찾아내어 성공을 향한 길로 나아가라.

도날드 트럼프 _기업가

＊인간이 검색한 것이 최고입니다. 어떠한 최고의 기술이라도 인간의 손길이 닿지 않는다면 무용지물입니다.

＊나는 모든 권리에는 의무가, 모든 기회에는 부담이, 모든 소유에는 책임이 따른다고 생각합니다.

❈❈❈

＊'간결하게' 어떤 계획이나 아이디어가 명함 뒤쪽에 다 적히지 않는다면 실행하기에 너무 복잡하다는 뜻입니다.

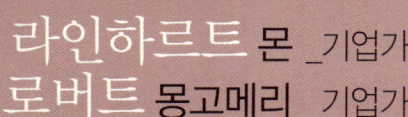

라인하르트 몬 _기업가
로버트 몽고메리 _기업가

＊새로운 길을 걸어가라!

❈❈❈

＊오늘날 경험을 통해 배우는 것은 너무나 비쌉니다. 다른 사람의 경험으로부터 배운다면 훨씬 빠를 뿐만 아니라 비용도 적게 듭니다.

108

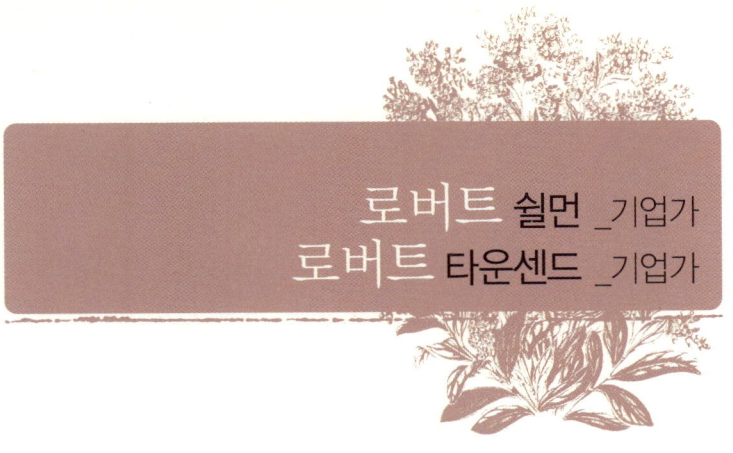

로버트 **쉴먼** _기업가
로버트 **타운센드** _기업가

＊익살스러운 행동은 경영자와 노동자를 가로막는 장벽을 무너뜨립니다

❋❋❋

＊문서로 된 실적평가와 목표관리는 경영이 엉망인 회사의 능력 없는 경영자가 사용하는 것입니다. 진정한 경영자는 자주 눈을 마주침으로써 경영을 합니다.

로저 에일스 _기업가

＊시대가 바뀜에 따라 미국의 기업 문화도 변해왔습니다. 예전에는 전문성이 가장 뛰어난 사람을 우선 채용했습니다. 최근에는 의사소통 능력이 가장 탁월한 사람이 그 자리를 차지합니다. 그리고 그 비중은 해마다 커지고 있습니다.

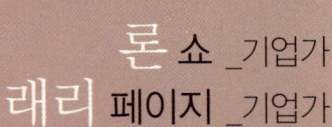

론 쇼 _기업가
래리 페이지 _기업가

＊고객은 외관에 이끌려 다시 찾아온 다음에, 그 물건의 성능을 따져 봅니다. 그러나 고객을 처음에 혹하게 만든 것은 그 물건의 외관이었다는 것을 잊지 말라.

❋❋❋

＊기본적으로 우리의 목표는 세상의 정보를 체계화하고 광범위하게 접근이 가능하고 유용하게 만드는 것입니다.

＊정규 교육으로도 많은 것을 배울 수 있지만, 결국 인생에서 꼭 필요한 능력들은 대부분 혼자서 터득해야 합니다.

✦✦✦

＊우리 회사는 정말 새로운 상품을 개발해 왔습니다. 그러나 무엇인가 시도조차 하지 않는다면 우연이라도 새로운 것을 만들 수 없다는 사실을 잊지 마라.

마틴 소렐 _기업가
마크 펜 _기업가

＊제품의 가격을 낮추는 데에는 한계가 있습니다. 그러나 부가
가치를 높이는 데에는 한계가 없습니다. 상상력의 한계가 곧 부
가가치의 한계인 것입니다.

✤✤✤

＊많은 기업들의 문제점은 고객들의 너무나 다른 수요와 욕망
을 무시한 채 개별 특성을 전혀 고려하지 않고 똑같이 고객을 대
한다는 것입니다.

＊나에게 사람보다 소중한 것은 없습니다.

⚜⚜⚜

＊훌륭한 경영인은 자기 자신의 생애에 관해 걱정하는 사람이 아니라 사장을 위해 일하는 사원들의 생애를 걱정하는 사람입니다.

브라벡 네슬레 _기업가
빌 대니얼 _기업가

＊소비자의 기대와 사회 환경이 급속히 변하고 있습니다. 경영
자의 임무는 이런 외부 환경과 보조를 맞춰 회사를 변화시켜나
가는 것입니다.

❋❋❋

＊고객은 당신이 성취하기를 기대합니다. 그리고 성취라는 단
어는 완벽을 의미하지 않습니다. 그것은 그들을 만족시키는 것
을 의미합니다.

심플랏 _기업가
앤드루 **그로브** _기업가

＊나는 비교에 대해서는 아무 것도 몰랐지만, 사업을 하면서
비교에 대한 것을 알게 되었습니다.

❁❁❁

＊오직 한 가지 일에만 몰두하는 편집광만이 살아 남습니다.

앨런 래플리 _기업가
얀 칼존 _기업가

＊혁신적인 기술을 외부에서 발견한 것을 자랑으로 생각하라.

⚜⚜⚜

＊고객들은 대면을 하든 전화를 통해서든 직원들과 접촉하는 시점인 최초 15~30초가 서로의 참된 '진실의 순간'입니다. 이 순간에 고객이 만족을 느끼지 못하면 고객은 떠나갑니다.

요르마 올릴라 _기업가

*확실한 과거보다는 불확실한 미래가 더 낫습니다.

월스 _기업가
제리 양 _기업가

＊직원 여러분들은 회사가 사활을 건 모험을 감행하길 원합니까? 그렇다면 나 또한 우리 회사가 계속 그런 모험을 감행하길 희망합니다. 그리고 내가 확신컨대 우리 회사는 틀림없이 계속해서 그런 모험을 감행하게 될 것입니다.

⚜⚜⚜

＊언제나 사람을 먼저 생각하십시오. 기술은 그 다음입니다.

＊직원을 훌륭하게 훈련시켜 놓으면 당신은 뒤로 물러나서 그
들이 일하는 것을 지켜보기만 해도 될 것입니다.

❁❁❁❁

＊아무 도움도 되지 않는 사람들에게 매달려 시간을 보내는 것
은 결국 실제로 매상을 올려주는 사람들의 요구를 그만큼 소홀
히 하는 것입니다.

제프리 이멜트 _기업가
조지 메르크 _기업가

＊리더는 비즈니스를 위에서 내려다보며 미래를 예측하면서
가져야 합니다.

❀❀❀

＊약이란 환자를 위해 만드는 것이지, 돈 벌기 위해 만드는 것
이 아닙니다. 이익이란 따라오는 것에 불과합니다.

찰스 **슈와브** _기업가
척 **프린스** _기업가

✳성공한 사업가들은 언제나 인재로 키워질 수 있는 사람에 대한 관찰과 접근을 게을리 하지 않습니다.

✤✤✤✤

✳리더들이 자신이 이끌고 있는 직원들의 잠재된 능력을 끌어내 창의적이고 열정적으로 일할 수 있도록 명백하고도 도전해볼만한 우선적인 목표를 세워야 합니다.

칼 알브레히트 _기업가

*기업이 할 수 있는 최상의 것은 현재 고객들이 선호하는 것
이 무엇인가를 정확하게 측정해 내는 것입니다.

콜린 앵글 _기업가

＊로봇 기업을 만들거나 로봇 연구자가 되려면 어떤 자세가 필
요한가. 두 가지 정신이 필요합니다. 우선 매우 창조적이어야 합
니다. 미래에 대한 꿈을 꿀 수 있어야 합니다. 그러나 반대로 매
우 현실적이어야 합니다. 창조적이기만 하면 돈을 벌지 못하는
멋진 로봇만 만듭니다. 또 실용적이기만 하면 새로운 일을 할 수
있는 로봇을 만들지 못합니다.

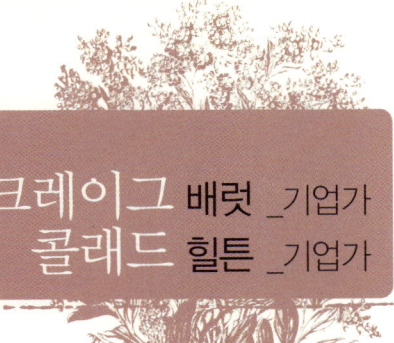

크레이그 배럿 _기업가
콜래드 힐튼 _기업가

＊기업의 규모가 커지면 커질수록 모든 업무를 가능한 한 소규
모로 수행할 필요가 있습니다.

❈❈❈

＊성공은 행동과 연결돼 있는 것으로 보입니다. 성공하는 사람
은 끊임없이 움직입니다. 실수를 저지르기도 하지만 결코 포기
하지 않습니다.

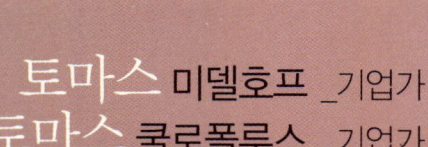

토마스 미델호프 _기업가
토마스 쿨로폴루스 _기업가

＊크기보다는 속도를, 진보보다는 혁명을!

❖❖❖

＊좋은 아이디어가 있더라도 이를 재빨리 상품화할 수 있는 유
연성이 떨어진다면 비즈니스적으로 성공하기 힘듭니다.

하워드 웰츠 _기업가

＊매일 다른 사람과 점심식사하라.

케인즈 _경제학자

﹡경영은 도박입니다.

﹡물건이 풍부하게 생산되는 한편에서는 설비가 놀고 있고, 실업자가 몹시 늘고 있습니다. 이것이 '풍요 속의 빈곤' 이 아니고 무엇이겠는가.

﹡유효수요의 증대를 통해서만 완전고용을 달성할 수 있습니다.

﹡인간의 정치문제란 경제적 효율, 사회정의 및 개인의 자유 등 세 가지에 관한 것을 결합해 놓은 것입니다.

＊자유 방임주의의 국내 체제와 국제 금본위 제도 하에서는 정부에 있어서도 국내의 경제적 곤란을 경감하는 길은 시장 획득 경쟁에의 의존밖에 없었습니다.

＊주식투자에서 가장 중요한 것은 자신이 아닌 다른 시장 참가자의 생각이며, 일반적인 투자자의 생각을 따르는 게 성공의 지름길입니다.

제프리 **페퍼** _경제학자

＊기업이 진정으로 중시해야 할 것은 다름 아닌 조직 내의 사람이며 사람을 통한 경쟁우위만이 존속 가능한 경쟁우위입니다.

＊사람들은 기본적으로 창의적입니다. 그런데 회사는 직원들의 창의력을 구속하는 경향이 있습니다. 기업의 경영진은 관행적으로 직원들의 창의력에 제약을 가합니다. 사람들의 창의력을 끌어내기 위해서는 그런 관행을 삼가야 합니다.

＊창조경영은 핵심인재중심의 시각에서 벗어나 직원 하나 하나가 가지고 있는 창조적 본능을 극대화할 수 있는 여건을 조성하는 것입니다.

＊창조성을 관리하는 것은 불가능합니다. 창조성은 대부분 밑에서부터 위로 올라오는 것입니다. 재능 있고 똑똑하고 잘 교육된 사람들을 뽑아, 그들이 기술을 사용할 수 있도록 해야 합니다.

＊현대 기업은 제품과 서비스를 일상적으로 재창조해야 하는데, 이는 결국 인적자본과 이를 구축하는 인프라에 달려 있습니다.

밀턴 프리드만 _경제학자

＊경제체제 안에서의 자유는 그 자체가 넓은 의미로 보아 자유의 한 가지 구성요소이므로 따라서 경제적 자유는 그 자체가 목적이 됩니다. 경제적 자유는 또한 정치적 자유를 획득하는데 필수적 수단입니다.

＊자본주의가 정치적 자유의 필요조건임은 역사가 보여주고 있습니다. 그러나 확실히 충분조건은 아닙니다.

＊오직 위기만이 진정한 변화를 만들어 냅니다.

＊공급이 수요를 창출합니다.

＊기업가는 경제적 자원을 생산성과 수익성이 낮은 곳으로부터 좀 더 높은 곳으로 이동시킵니다.

＊가격은 사회적 사실입니다. 곧 '사람 사이의 관계'를 반영한 것입니다.

＊모든 경영상의 의사결정의 본질은 비용과 가치의 끊임없는 긴장관계입니다.

＊훌륭한 경영자는 고객을 창출합니다. 그리고 또 시장까지 창출합니다.

스티븐 **코비** _경제학자

＊개인의 잠재력을 발휘할 수 있도록 도와 시너지를 일으키는 것이 새로운 지식근로자 시대의 리더십입니다.

＊당신은 한 사람의 책임감을 살 수 있지만 결코 천재적인 창조성과 열정까지는 살 수 없습니다. 이는 오직 자발적으로만 끌어낼 수 있는 것이기 때문입니다.

＊독창적인 기업이 되라. 목표를 세워 모든 종업원이 공유하라. 목표를 위해 필수적인 것부터 먼저 하라.

＊리더는 구성원들의 최대 역량을 끌어낼 수 있는 방법을 알아

야 합니다.

＊인생의 가장 중요한 열쇠는 '얼마나 자신의 의도대로 완벽한 삶을 살고 있는가?' 가 아니라 '자신의 계획과 목표를 끊임없이 되새기는 것' 입니다.

＊조금 느리더라도 올바른 방향으로 움직이는지 끊임없이 확인하는 게 중요합니다.

시어도어 레빗 _경제학자

＊비용은 원래 언제나 올라가는 경향이 있습니다. 이것은 바위가 아래로 떨어지는 성질과 비슷합니다.

＊비즈니스의 참 목적은 고객을 발견하고 그것을 유지시키는 것입니다.

＊수익을 기업의 목표라고 말하는 것은 너무 멍청한 짓입니다. 이것은 인생의 목표가 먹는 것이라고 하는 것과 같습니다. 수익은 먹는 것처럼 필수적인 것이지 목표가 될 수 없습니다.

짐 **콜린스** _경제학자

＊비전 기업에서 핵심 가치란 합리적일 필요도, 대외적으로 정당화될 필요도 없습니다. 시류에 따라 흔들리는 유행 같은 것은 더욱 아닙니다. 변화하는 시장 환경에 따라 변하는 것이어서는 더더욱 안 됩니다.

＊불멸하는 성공기업은 고객과 함께 하며, 고객과의 약속을 지키는 기업입니다. 그러한 기업은 어떤 사람이 기업의 대표로 앉아 있더라도 그 기업은 영속합니다.

＊회사를 시작하기 전에 '기발한 아이디어'를 찾아야 한다고 조급해 하지 않는 것이 오히려 좋을 수도 있습니다. 왜냐하면

'기발한 아이디어'로 시작하면 경영자가 회사 그 자체를 '궁극적인 창조물'로 생각하지 않고 특정한 아이디어에만 매달릴 수 있기 때문입니다.

클라크 _경제학자

＊경제학에서 비용의 개념을 정확히 이해한다면 경제학습은
완성되었다고 해도 좋습니다.

＊지식은 수확체감의 법칙에 지배되지 않는 유일한 생산수단
입니다.

토스타인 베블런 _경제학자

＊남에게 보이기 위한 소비활동이야말로 가장 정당한 과세의
대상입니다.

＊당신이 땀 흘리는 모습을 절대로 남에게 보여주지 마십시오.
땀 흘리는 자는 평범함과 나약함을 노출시킵니다. 힘을 안들이
고 성취하는 자야말로 실력자이고 여유가 있고 우아한 성공이야
말로 삶의 목표입니다.

＊지역사회에서 인정을 받으려면, 애매하지만 나름대로 정해
져 있는 부의 기준에 맞출 필요가 있습니다.

필립 코틀러 _경제학자

＊머리로 하는 마케팅은 실패하지만, 가슴을 두드리면 지갑이
열립니다.

＊브랜드는 기업의 약속이고 고객의 마음에 구축된 자산입니
다.

＊세계에서 가장 성공적인 기업들의 비법은 '소비자들의 열광
적인 사랑'입니다.

＊소비자들의 '진심'에 귀를 기울이며 끊임없는 혁신으로 무
장한 기업들만이 생존 대열에 합류할 수 있습니다.

＊성공하는 브랜드는 '환상'을 팝니다.

＊자생적 성장의 성공여부는 새로운 아이디어를 꾸준히 창출하는데 달려 있습니다.

하이에크 _경제학자
그레샴 _경제학자

＊경쟁은 발견적 절차입니다.

＊훌륭한 경제학자가 되기 위해서는 경제학만 해서는 안 됩
니다.

❧❧❧

＊악화는 양화를 구축합니다.

데이비드 가빈 _경제학자
랑 그로와 _경제학자

＊기업 가치의 적극적인 재창출과 탁월한 환경 적응이 장수 원
인입니다.

❈❈❈

＊시장은 제대로 적응하지 못하는 기업을 밖으로 차내는 '보
이지 않는 발'을 지니고 있습니다.

로버트 솔로 _경제학자
루트번스타인 _경제학자

＊오늘날 우리는 더 많은 것들에 대해 더 적게 말을 하든가, 더 적은 것들에 대해 더 많이 말을 하든가 이 둘 중에서 선택해야 합니다.

✽✾✽

＊창조성은 모든 사람들이 태어날 때부터 갖고 태어납니다.

리카도 _경제학자
마샬 _경제학자

＊분배를 규제하는 법칙을 결정짓는 것이 정치경제학의 핵심
문제입니다.

⚜⚜⚜

＊차가운 머리, 뜨거운 가슴!

막스 **베버** _경제학자
맬더스 _경제학자

＊책임과 권위는 동전의 양면과 같습니다. 권위가 없는 책임이 란 있을 수 없으며 책임이 따르지 않는 권위도 있을 수 없습니다.

✤✤✤✤

＊인구는 기하급수, 식량은 산술급수로 증가합니다.

번트 슈미트 _경제학자
보도 셰퍼 _경제학자

＊어느 국가나 조직, 기업을 창조적으로 개조하기 위해서는 최고 자리에 있는 사람이 큰 생각을 통해 혁신해야 합니다.

❊❊❊

＊사람들은 돈이 없기 때문에 좋아하지도 않는 일을 하게 되고, 그런 일을 계속하는 한 돈도 벌 수 없습니다.

블레인 매코믹 _경제학자
빌프레도 파레토 _경제학자

* 대중은 최고의 기술이 아니라 최고로 홍보된 기술을 수용합니다.

* 인간이 노력하는 모든 분야에서 80%의 결과는 20%의 활동으로 생겨난 것입니다.

＊소비자는 투표자입니다. 유권자가 자기가 좋아하는 후보에게 표를 찍듯이, 소비자는 자기가 좋아하는 상품에 돈을 던집니다.

슘페터 _경제학자
아더 앤더슨 _경제학자

＊질 좋은 비누를 생산하는 것만으로는 충분하지 않습니다. 사람들이 씻고 싶도록 만드는 것이 중요합니다.

⚜⚜⚜

＊기업 간 거래의 메커니즘은 비즈니스의 '효과'와 '효율'의 추구에 따라 진화하고 발전해 왔습니다.

워렌 베니스 _경제학자

＊위대한 그룹을 만들기 위해 리더가 할 수 있는 최선의 일은
각각의 구성원들이 스스로의 위대함에 눈뜨게 하는 것입니다.

조엘 아서 파커 _경제학자

＊과거의 기업경영은 고요하게 흐르는 강물을 건너는 것과 같았습니다. 강물은 수정처럼 맑았고, 천천히 조용하게 흘렀습니다. 강을 건너는데 특별한 정보는 없고 그저 보트를 찾아서 타고 건너면 그만일 뿐입니다. 그러나 오늘날 기업경영은 심하게 격류하는 강물을 건너는 것과 같습니다. 곳곳에 소용돌이가 치고 있고, 물살이 일어 강을 건너기란 여간 어려운 게 아닙니다. 도무지 한치 앞을 예측할 수 없는 상황. 이런 상황에서는 정확한 예측이야말로 강을 제대로 건너기 위해 필요한 요건입니다.

＊분산투자라는 것은 리스크들이 서로 상관관계가 적을 때 비
로소 작동합니다.

❀❀❀❀

＊성공을 뽐내는 것은 위험합니다. 그러나 실패를 함구하는 것
은 더 위험합니다.

클래스 포넬 _경제학자
톰 코넬란 _경제학자

＊고객만족 지수가 낮은 기업은 도태되는 것은 물론 국가 전반적인 경기에 커다란 영향을 미칩니다.

❧❧❧

＊사람들은 자신들이 대우받는 것과 똑같은 방식으로, 고객을 대우합니다.

*어떤 나라에 대부호가 많이 있다고 해도, 재산의 평등한 분배가 이루어지지 않는다면 그 나라는 가난한 것입니다.

❧❧❧

*경제학은 빛을 추구하고 과실을 추구하는 과학입니다.

새뮤얼 브루너 _경제전문가

＊'총체적인 질'에 역점을 두는 균형 잡힌 경영에 있어서 완벽하게 하려는 것보다 '가능한 만큼' 즉시 일을 해치우는 자세가 중요합니다.

＊미래 부의 세계에서는 어느 한 기업이 어떻게 사업을 펼칠 것인가가 결국 리스크 매니저들에 의해 좌우될 것입니다. 리스크 경영관리는 이제 그 기업의 주업이 무엇이고, 주력 제품이 무엇인가 하는 것만큼이나 중대한 사안입니다. 아울러 개인의 경우에서와 마찬가지로 기업들의 경우에 있어서도 리스크를 택하지 않는 것은 그 모든 종류의 리스크 중에서도 가장 큰 리스크를 택하는 셈입니다.

에단 라지엘 _경제전문가

　*80대 20 원칙은 컨설팅의, 그리고 넓게 보면 비즈니스의 위대한 진리 가운데 하나입니다. 당신은 어디서나 이것을 관찰할 수 있습니다. 즉, 판매의 80퍼센트는 영업사원의 20퍼센트가 달성하고, 비서 업무의 20퍼센트가 비서 업무 시간의 80퍼센트를 차지하며, 인구의 20퍼센트가 부의 80퍼센트를 창출합니다. 물론 늘 그런 것은 아닙니다. 그러나 이런 원칙을 알고 있으면 사업을 크게 개선시킬 수 있습니다.

톰 피터스 _경제전문가

*기업의 최대의 적은 창조적 시도, 혹은 새로운 시도를 방해하는 모든 요소입니다.

*정체된 기업을 재건하기 위해서는 먼저 대규모 파괴를 단행하지 않으면 안 됩니다. 또한 그 후에 바로 재건에 착수하지 않으면 파괴의 고통은 아무런 소용이 없습니다.

델포스 스미스 _경제작가

＊고객에게 올바로 봉사하려면 사장을 비롯해서 회사의 직원들이 필요한 곳에 가 있어야 합니다..

스테파노 **코퍼** _경제작가

＊글로벌 전자상거래는 교역을 제한하던 지리적 장벽을 제거 했을 뿐 아니라 아주 작은 기업까지도 전 세계에 닿을 수 있도록 해주고 있습니다. 또한 전자상거래는 기업의 규모에 상관없이 모두 같은 크기의 화면에서 경쟁하게 해줍니다.

＊웹 사이트에 대한 마케팅은 전자상거래의 성공을 위해 지 극히 중요한 것입니다. 잡지나 신문 혹은 TV 광고와 같은 전통 적 매체와 배너 광고, 검색엔진, 전자 우편 리스트 등의 전자적 수단을 동시에 이용하여 전자상거래의 마케팅에 힘을 쏟아야 합니다.

＊전자상거래 사이트 및 연관된 시스템은 구매자와 판매자 모두의 이익을 보안과 통합을 통해 보호해주어야만 합니다. 보안은 판매자를 지불 수단의 부정사용으로부터 보호해주는 반면 구매자를 부정 사용자로부터 보호해줍니다.

＊지금은 새로운 시장, 소위 말하는 전자상거래의 힘을 이용하는 비즈니스에 있어 엄청난 기회의 시간입니다. 그 힘을 과소 평가하는 기업은 다른 기업들이 새로운 환경에서 만개할 때 혼자 뒤쳐지게 될 것입니다.

＊브랜드란 단순한 이름이 아닌 기업의 꿈이 담긴 긴 여정입 니다.

＊브랜드와 제품은 이제 욕망의 대상이 되도록 새롭게 디자인 되어야 합니다. 고객이 가진 욕망을 브랜드의 환상으로 연결하 는 능력이 바로 기업의 새로운 마케팅 능력입니다.

＊성공한 브랜드를 만들기 위해서는 차이가 나는 뚜렷한 의미 를 구축해야 합니다.

＊위대한 브랜드는 내부에서부터 시작되는 것입니다.

＊제품의 연구 개발에 투자하는 것 못지 않게 브랜드에 투자하는 것이 기업의 미래를 보장하고 경쟁에 이길 수 있는 길입니다.

윌터 파우엘 _경제작가

＊사업에 있어 가장 중요한 것은 우수한 사람을 적절하게 고용하는 일입니다.

＊파산의 공포로부터 벗어나는 확실한 방법은 빨리 이루고자하는 개인적인 욕구를 적당히 억누르고 투자한 자본에 알맞은이익에 만족하는 것입니다.

제임스 허스킷 _경제작가

＊뛰어난 서비스 회사들은 고객에게 만족할 만한 서비스 품질을 약속하고 명시적으로든 암시적으로든 그 결과를 보증함으로써 경쟁우위를 확보합니다.

그라시안 _경제협력가

＊거래를 하는 과정에서도 지나치게 소심해서 마음이 변하기 쉽고 다른 사람의 말에 잘 따릅니다.

＊사업의 세계에서도 신의는 상품 이상의 가치가 있습니다. 그 가치를 워낙 신뢰하기 때문에 그 밖의 다른 일에 대해서는 아주 관대하게 넘어가는 경우가 많습니다.

＊중요한 일을 착수할 때는 이성적이고 냉정을 잃지 않는 사람과 손을 잡아라.

디오도어 루빈 _경제협력가

＊비지니스에 있어서의 성공은 거의 다른 사람의 생각을 짐작
하는 능력에 달려 있습니다.

＊사업에 있어서 공격적인 태도는 우리들을 헛되이 흥분시킬
뿐이어서, 논리적인 사고력을 상실케 하고, 사람을 다루는 능력
을 손상시킵니다.

라 브뤼에르 _경제협력가

*사람들은 경제적으로 자신보다 못한 이에게는 우쭐대며 거만하게 행동하지만, 자신보다 잘사는 이에게는 비굴하게 굽실거리는 경향이 있습니다. 사람의 장점이나 미덕을 중시하지 않고 재력이나 사회적 위치, 명예, 학력을 중시 여기는 이러한 좋지 못한 습관은 우리를 우리보다 못한 위치에 있는 이를 업신여기고, 우리보다 나은 위치에 있는 이를 우러러보게 만듭니다.

*사람의 얼굴은 그의 성격과 품성을 그대로 드러내 보이기도 하지만, 그의 경제적 능력을 나타내 주기도 합니다. 수입이 많고 적음은 그의 얼굴에 그대로 드러나게 되어 있습니다.

로렌스 **서머스** _경제협력가

*시스템 안에 존재하는 '사람들'의 생각은 시스템 전체를 바꿔놓을 수 있습니다.

*우리가 성공적이었던 것은 바로 끊임없이 생각하려 하는 '에너지'가 있었기 때문입니다.

＊가난과 배고픔이 사라진 세계에서 소비자들은 재미와 스릴, 사랑, 윤리적 자부심 같은 정서적 만족을 원하고 있습니다.

＊과거의 기업은 종업원 등의 물리적 노동력을 제공했지만, 이제는 종업원들의 머리 속에 들어 있는 지식과 창조력이 더 중요해졌습니다.

＊꿈꾸는 경영의 시대! 상상력으로 무장하라.

＊노동은 얼마든지 기계와 컴퓨터로 대체할 수 있습니다, 오직 상상력만은 영원히 인간의 능력으로 남을 것입니다.

＊소비자까지 기업의 비전을 믿게 만드는 경영자가 있습니다. 이들이야말로 이 시대의 가장 위대한 경영자입니다.

＊앞으로 더 많은 나라들의 경제개발이 이뤄지고, 개인적이고 서구적인 생활 방식이 확산될수록, 사람들은 외로움과 고독감은 더욱 커질 것입니다. 따라서 사랑과 소속감의 시장 그리고 여기에 속하는 산업 역시 엄청나게 커질 수밖에 없습니다.

＊잘 찾아보면 분명히 자신들만이 갖고 있는 독특한 가치와 이야기를 발견할 수 있습니다.

베르베르 _경제협력가

＊비즈니스의 출발점도 아이디어, 생각하는 데 있습니다. 우리 모두 창조할 수 있습니다.

＊어떤 직업을 가진 사람이든 창조성 없이는 개인의 정체성을 상실하게 마련입니다.

＊창의력을 키우려면 중간에 포기하지 말고 끝까지 생각을 발전시켜 나가야 합니다.

아인슈타인 _경제협력가

* 상상이 지식보다 중요합니다.

* 성공한 인간이 아니라 가치있는 사람이 되어야 합니다.

앨빈 **토플러** _경제협력가

＊경제적인 부는 지식의 정보 위에서만 가능합니다.

＊미래 사회가 정보에 의해서 좌우된다고 할 때 가장 앞서갈 나라는 최고의 컴퓨터와 소프트웨어, 통신 수단을 보유한 나라가 될 것입니다.

＊21세기의 부는 고객가치를 창출할 수 있는 차별적인 지식을 먼저 확보한 개인이나 기업, 국가가 차지하게 될 것입니다.

＊지구촌은 '강자'와 '약자' 대신 '빠른 자'와 '느린 자'로 구분될 것입니다. 빠른 자는 승리하고 느린 자는 패배합니다.

*앞으로의 세계는 지식이 모든 생산 수단을 지배하게 되며, 이에 대비한 후세 교육 없이는 어느 나라든 생존하기 어렵습니다.

조엘 오스틴 _경제협력가

＊꿈꿀 수 있는 곳을 찾아라. 꿈이 사라지면 또 다른 꿈을 꾸라.

＊눈과 가슴과 얼굴에 열정을 가득 품고 살라. 상상도 할 수 없는 놀라운 일이 벌어질 것입니다.

＊우리는 마음에 품은 이미지 이상으로 성공할 수 없습니다.

＊우리 인생을 향해 믿음의 말을 선포하라. 말에는 엄청난 창조의 힘이 있습니다.

＊인생은 생각에 따라 갑니다. 위대한 생각은 위대한 현실을 낳습니다.

존 G. 밀러 _경제협력가

＊당신의 팀에는 당신뿐만 아니라 다른 사람들도 있습니다. '진정한 팀원이란 서로를 통해 나아갈 길을 찾고, 그 길에서 만족을 누릴 수 있는 사람'입니다. 팀원들이 가지고 있는 재능과 장점에 감사하자. 팀워크란 바로 여기서 비롯됩니다.

＊'봉사자'의 마음과 겸손함을 겸비할 때 비로소 진정한 리더십을 발휘할 수 있는 것입니다. 겸손은 리더십의 초석입니다.

＊비난이란 조직의 규모와는 아무런 상관이 없습니다. 아주 작은 집단에서 거대 기업에 이르기까지, 그리고 말단 신입사원에서 최고 경영진에 이르기까지, 비난은 전염병처럼 퍼져 있으며

비난 바이러스의 면역체를 가진 사람은 아무도 없습니다. 비난과 '누가?' 로 시작하는 질문으로는 어떤 것도 해결할 수 없습니다. 오히려 두려움을 만들어내고, 창의성을 억누르며, 사람들 사이에 벽을 만들어낼 뿐입니다.

칼라일 _경제협력가

＊대사업이란 먼 곳에 있는 것을 주시하는 것이 아니라. 가까운 곳에 있는 분명한 일부터 착실히 처리하는 것입니다.

＊모든 위대한 사업은 최초에는 불가능한 일이라고 했던 것들입니다.

칼릴 **지브란** _경제협력가

＊거래는 물물교환이 아니라면 도둑질인 셈입니다.

＊굶주린 야만인은 나무에서 과일을 따서 그것을 먹습니다. 개화된 사회에서는 배고픈 시민은 나무에서 과일을 딴 사람에게서 그것을 산 사람에게서 그것을 산 또 다른 사람에게서 그것을 삽니다.

리커트 _경제협력가

*상사로부터 부하에게로 이루어지는 커뮤니케이션은 원만하게 진행되는 데 반해, 부하가 상사에게 하는 말은 전혀 받아들여지지 않습니다. 그러므로 아랫사람이 윗사람에게 의견을 제시하는 것은 대부분 뼈를 깎아내는 고통이 수반되는 힘든 작업입니다.

벤자민 그래이엄 _경제협력가

＊투자의 성공이 얼마나 빨리 나타나느냐는 그 기업의 고유가
치가 만족할 수준으로 증가하는 한 그다지 중요하지 않습니다.
사실 투자의 성공이 늦게 나타나는 것은 우리에게 이점이 될 수
도 있습니다. 그 기간 동안 싼 가격에 좋은 투자를 할 수 있는 기
회가 생기기 때문입니다.

소피아 로렌 _경제협력가

*어려운 직업에서 앞서려면 자신에 대한 확고한 신념이 있어야 합니다. 거센 돌풍에도 버텨낼 수 있어야 합니다. 보통의 재능이지만 엄청난 내적 동력을 가진 사람이 천부적인 재능을 타고난 사람들보다 훨씬 멀리 가는 것도 그러한 이유입니다.

윌리엄 굴리 _경제협력가

　＊어려운 기업환경에서 번영을 이루기 위해서는 모든 고객들
의 주문내역을 철저하게 파악하고, 동시에 기업내의 모든 자산
에 대한 완벽한 정보를 확보해야 합니다. 그리고 그 다음, 이러
한 정보를 지키고, 유지하며, 그로부터 수확을 얻는 유일한 길은
정보기술을 적극적으로 활용하는 데 있습니다.

찰스 케터링 _경제협력가
K. 콕스 _경제협력가

＊발명가는 교육을 그다지 중요하게 생각하지 않는 사람입니다. 사람은 여섯 살이 되어 대학을 졸업할 때까지 1년에 서너 번의 시험을 보아야 합니다. 단 한 번이라도 실패한다면, 그 사람은 탈락합니다. 그러나 발명가는 누구나 대부분 실패하고 있습니다. 발명가들은 수천 번 도전하고 실패합니다. 단 한번만 성공하면 그는 성공의 대열에 들어섭니다. 이 두 가지는 정말 극단적으로 반대입니다. 우리 회사의 가장 중요한 업무는 새로 고용한 종업원에게 현명하게 실패하는 법을 가르치는 것이라고 종종 말하곤 합니다. 우리는 그들에게 끊임없이 실험하고 또 실험하는 것과 제대로 작동할 때까지 실험과 실패를 계속하는 훈련을 시켜야 합니다.

꙳꙳꙳

＊그림을 그리든지, 노래를 부르든지, 조각을 하든지 즐거움을 위하여 하라. 비록 굶주린다 하더라도 당신이 가장 사랑하는 일을 하라. 명예를 바라고 일하는 사람은 자주 그 목적을 잃습니다. 돈을 위하여 일하는 사람은 자기 영혼과 돈을 바꿉니다. 일을 위하여 일하라. 그러면 이것들은 당신을 따라올 것입니다.

페트로니오 _경제협력가

＊아무리 열심히 준비를 했어도 새로운 환경에 처하면 새로운 준비를 해야 한다고 생각했습니다. 그러나 새로 준비를 해나가는 것이 새로운 환경을 창조해 나가는 것이라는 것을 나중에야 알았습니다. 그리고 기가 막힌 훌륭한 발상이야말로 비능률을 야기하는 동시에 진보의 환상을 창조한다는 것도 나중에야 알았습니다.

프랭클린 _경제협력가

＊손해는 먼지에 쓰고, 이익은 대리석에 써라.

＊화폐는 번식력과 결실력을 갖는 것임을 알라.

강베타 _경제협력가
골도니 _경제협력가

✽ 일하라! 더욱 일하라! 항상 일하라!

❖❖❖

✽자본이란 한 나라의 부 중 생산에 쓰여질 수 있는 부분이며
음식, 피복, 도구, 원료, 기계 등 노동에는 거의 이용되지 않습
니다.

골드 **스미스** _경제협력가
노만 V. **필** _경제협력가

＊경제가 발전할수록 저축수단으로 부동산과 같은 실물자산의
중요성은 시들고 금융자산의 중요성은 커집니다.

✢✢✢

＊어떤 사업을 하든 간에 어떤 일을 하든 간에, 성공은 이 말에
달려 있습니다. '필요를 찾아서 그것을 충족시켜라.' 실제로 이
말은 모든 성공적인 기업이나 개인의 직장 생활과 상관이 있는
것입니다.

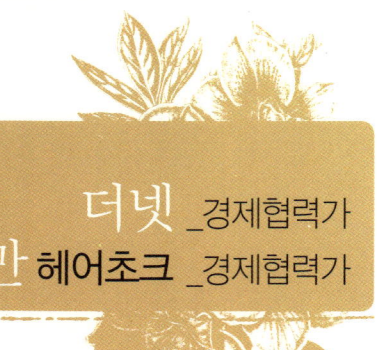

더 넷 _경제협력가
로만 헤어초크 _경제협력가

＊포용력이 크면 클수록 유능한 인재를 선발할 가능성이 큽니다.

✺✺✺

＊기업은 이윤 극대화와 자본 증식뿐만 아니라 사회적 책임도 깊이 인식해야 합니다.

196

뤼케르트 _경제협력가

*그대는 두 개의 손과 하나의 입을 갖고 있습니다. 그 의미를
잘 생각해 보라. 두 개는 노동을 위해서, 다른 하나는 식사를 위
해서 있습니다.

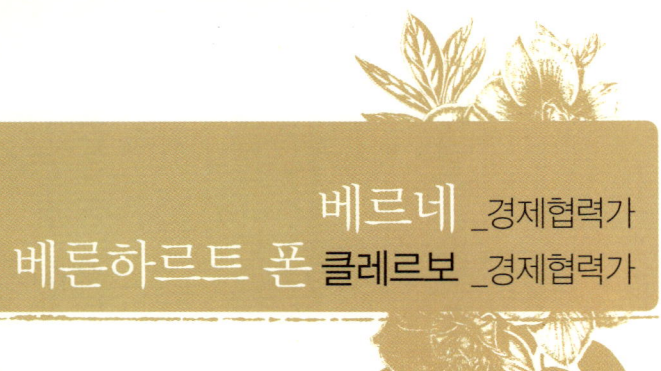

베르네 _경제협력가
베른하르트 폰 클레르보 _경제협력가

＊사업은 처음 시작할 무렵과 목적이 거의 완성될 때가 실패의
위험이 가장 큽니다. 배는 해변가에서 잘 난파됩니다.

❋❋❋

＊지배하기 위해서가 아니라 봉사하기 위해 최고의 자리에
서라.

빌 코스비 _경제협력가
사무엘 존슨 _경제협력가

*어떠한 직업도 당신의 미래를 보장하지 않습니다. 당신의 미래를 보장하는 것은 직업이 아니라 당신 자신입니다.

⚜⚜⚜

*이 시대는 광적으로 기술혁신을 추구하고 있습니다. 이제 세계의 모든 비즈니스는 새로운 방식으로 운용될 것입니다. 사람들 또한 새로운 방식으로 다뤄야 할 것입니다.

생시몽 _경제협력가
스마일즈 _경제협력가

＊노동은 모든 덕의 원천입니다. 유용한 노동은 또 최고의 숭고한 노동이기도 합니다.

❖❖❖

＊사람을 위대하게 만드는 것은 모두 노동에 의해서 얻어집니다. 문명이란 노동의 산물입니다.

세르게이 브린 _경제협력가
엔디 와홀 _경제협력가

* 단순함으로 승부하라.

* 우리는 대부분 경영진을 대중적인 스타로 보지는 않습니다. 멋진 생애가 될 수도 있겠지만 그건 아마도 스트레스를 무시하고 가족과의 삶을 희생한 결과일 것입니다.

에릭 **아론슨** _경제협력가
에머슨 _경제협력가

＊만일 우리가 돈을 벌기 위해 산다면 결국 허무한 종말을 맞
게 됩니다.

✻✻✻

＊경제란 석탄을 아끼는데 있는 것이 아니라 그것이 불타고 있
을 동안 시간을 이용하는데 있습니다.

＊열정이 없이는 아무 것도 이루어질 수 없습니다.

오길비 _경제협력가
우디 **알렌** _경제협력가

*비즈니스 세계에서는 천하의 명품도 고객에게 팔리지 않으면 아무런 소용이 없습니다.

❧❧❧

*나타나야 할 장소에 가는 것만으로도 세일즈의 80% 성공은 이루어집니다.

월리엄 블레이크 _경제협력가

　＊당신이 따르는 원칙은 만인이 생각하는 진리가 아니라 누구
나 위대하다고 생각하는 사람이 잘못 만들어낸 거짓일 수도 있
습니다.

제퍼슨 _경제협력가
존스튼 _경제협력가

*세일즈에서 중요한 것은 한 단어이면 족한 것을 여러 말로
상대를 설득하려 하지 않는 것입니다.

❦❦❦

*자본은 경쟁을 위해 끊임없이 확대되고 움직이고 있어야 합
니다.

＊비즈니스 세계에서 '최선을 다하고 있습니다.'라는 말은 아무런 소용이 없는 말입니다. 단지 성과만이 요구될 뿐입니다.

❊❊❊❊

＊사람은 언제나 자기가 할 일을 새로 창조해 가야 합니다.

토드 마초버 _경제협력가

＊창의적인 방식을 택하건 택하지 않건 그것은 당신에게 달렸습니다. 특이하고 창의적인 방식으로 일할 수 있는 가능성은 항상 열려 있습니다.